針眼

亦舒

這天氣也真奇怪，早上，太陽普照，把紅葉曬得透明艷麗，好一個秋模樣；中午，忽然陰沉，滂沱大雨，遊園的人紛紛趕回家。

到傍晚，天色暗得快，七八點，已像午夜，而且詭異地冒起濃霧，幾乎連對面人影都看不清楚。

火車站在近郊，尤其如此，幢幢人影摸來摸去，不是正常現象。

站長對二一五號列車的車長說：「空氣調節尚未修妥？」

「還差三十分鐘，安全妥善為上，站長可是。」

「半小時內必須辦妥，否則，就脱班了。」

「明白。」

另一邊，車站門打開，一個疲累不堪的女子拖着腳步，蹣跚走到售票處，一邊喘息，上氣不接下氣，說不出話。

售票員問：「小姐，去何處？」

「東岸。」

「東邊哪個市？」

女子把口袋裏僅餘零錢取出，「買一張單行票，能去多遠就多遠。」

「兩百三十八元，可買三等票乘到維市。」

女子點點頭。

「小姐，你像是不舒服的樣子，天氣驟涼，小心身體，我這裏有杯熱可可，還未喝過，讓給你。」

「謝謝，謝謝。」

售票員看仔細她，發覺女子衣衫襤褸，一層一層全是深色舊衣，許多地方破洞，用一件男裝厚呢大衣罩着。

她不想多事，泰半是往東邊找親友的流浪人，她說：「往維市二一五班車，十號月台，三十分鐘後駛出。」

女子點頭，見候車室長櫈有空位，前去坐下。女子年輕，臉容清麗，只是倦得一臉憔悴。她休息一會，脫去在雨中打濕鞋襪，閉上眼睛小休。

她身旁一個中年婦女聞到一股腐臭氣息，含蓄地緩緩站起，走到別處坐。

女子睜開眼睛，看到一個小男孩，把吃剩的三文治扔進垃圾箱，她走近，看到三文治另一半還包得好好，伸手拾起，拆開來吃，她用身子擋着垃圾箱以及別人視線，三扒兩撥塞入口，吞下肚，喝那杯贈品熱飲。

啊，好像可以回過氣來。

她看一看大堂電鐘，還有廿五分鐘，便可登上火車，往東岸駛去。去到何處去何處，沒有人認識的地方，蹲在路邊，乞討也方便些。

她抬不起頭，是她行差踏錯，去到如此地步，與人無尤。

忽然有人走近與她説話：「這位小姐——」

她抬起頭，憂愁眼睛看到一個衣着整齊中年婦人。

「我？」她輕輕問。

「是，小姐，你手中可是有一張二一五班車票子。」

她點點頭。

「小姐，我趕時間，全車票子已售罄，但我非乘這一班車子不可，希望你可以把票讓給我，我出雙倍票價。」

女子怔住，「但，這是一張三等票，只到維市。」

「沒關係，上了車就可以補票。」

對方和顏悅色，她想一想，取出車票遞上。

對方高興之極，立刻用現鈔換取。

晚一班車無所謂，她不趕時間，她沒有目的地。

這時，感恩節唱詩班進來大堂，略作準備，便開始唱：「美妙戰車，駛低一點，接我回家……」

她聽得淚盈於睫。

她也覺得天無絕人之路，人人應該有個家在等，開了門，走進去，坐下歎口氣，可到家了。可是，她找來找去找不到家。

她站起，走到售票處，打算買下班車票。

售票員認得她，「小姐，你可是把票子讓出？你得等明早六時那班了，霧大，餘下列車停駛。」

她有點累。

「在大堂睡一覺吧，相當安全，且有暖氣。」

女子無言，回到原有座位。

她不急，她沒有目的地。

不到一會，向她買票的女子又忽忽回轉，「這位好心小姐，我不需要車票了，還給你。」

「啊。」她連忙把車價歸還。

「不用，你收下吧，我們可以同一輛列車，小姐，貴姓？」

她輕輕答：「我姓祝。」

「祝小姐，我是一名保母，滿以為趕不上車與東家會合，誰知剛才東家知會我，他們已訂了包廂，多一人少一人無所謂，來，一起上車吧。」

想不到保母如此關照。

「我叫阿好，東家叫我好姨。」

好姨不介意女子邋遢，「這邊，」把她帶到包廂前。

走上梯級，推開車廂門，「這是我休息房間，你收拾一下，淋個浴，吃碗麵，休息。」

姓祝的女子鞠躬，「我祝亮出路遇貴人。」

「祝小姐別客氣，我就在隔壁房間，有事喚我。」

桌上一碗熱乎乎牛肉麵，祝亮連忙捧起大口吃，也顧不得難看，狼吞虎嚥。

這時火車已緩緩開動。

祝亮關好門，把身上髒衣服一層層剝下，真似大雜燴，男女老幼的衣衫都有，自街角捐贈箱揀回，她忽然看到臥鋪上有整齊一疊衣物，一定是好姨為她預備，她怔怔地，支撐着進浴室。

身上皮膚有不少擦損之處，她用刷子肥皂洗個乾淨，最慘是頭髮，已經剪短，但還是打結，她半撕半梳扯直，筋疲力盡，用大毛巾裹住身體，倒在床上，閉上雙目，原先以為流盡的眼淚，此刻又再湧出，異常炙熱：呵，她已淪為丐婦。

用紅藥水處理擦損皮膚，穿上好姨給的新衣，她真周到，連內衣鞋襪都準備妥當。

她還在流血，幸虧浴室有衛生棉。

有人敲門，「是好姨。」

祝亮開門，好姨一見她，不由得說：「人要衣裝。」

祝亮說：「無以為報。」

「我東家姓米，米太太請你過去喝杯茶。」

祝亮自慚形穢，「我耽這裏就好。」

「這列車經維市上和平橋，終站是和平谷，然後到市中心中央站，你會

在何處下車？你有親人否？」

祝亮搖搖頭。

「總有個打算吧。」

「在市內小餐館找一份臨時工餬口。」

「聽你口角，也似受過教育的人，可需幫你聯絡家人，即使有誤會，也可調解，他們也會想念你。」

祝亮忽然微笑，「他們不會。」

「那麼，過去喝杯茶。」

好姨握着流浪女的手，走到隔壁車廂，敲門，進去。

包廂如一間佈置精緻小房間，新式火車特別快捷穩定，「請坐」，一個秀美少婦微笑招呼：「祝小姐是吧，今日若不是你慷慨相助，阿好要流落車站。」

祝亮結巴說不出話，靜靜坐在一角。

「喝茶，吃蛋糕。」

少婦穿得十分和暖，頸上圍着披肩，她這樣說：「剛生養，尚未滿月，怕冷到。」

祝亮一震，她看到沙發上放着一隻籃子，有嬰兒嘀咕聲。

祝亮觸景生情，淚盈於睫，過去張望那嬰兒。

只見小小人穿着淡藍衣褲，可見是男丁，大大眼睛高鼻子，看到有人探望，忽然笑起，可愛到絕點。

少婦笑，「米先生在餐卡與朋友喝咖啡，這孩子叫米丰，丰字與牛字差不多，在家他叫小牛。」

祝亮坐下。

「我們趕回和平谷米宅與米老太祝壽，非得今晚到不可，所以才發生軋車票現象，老太太警告：今夜不返，以後就不要回來了，哈哈哈。」顯然不把警告放心上。

米氏母嬰如此歡喜相，祝亮也不禁微笑。

這時米太太斟茶，手上一枚精緻指環吸引到祝亮注意。

那是一顆大寶石，鑲法奇特，爪子成米字，把寶石扣牢，像隻小蜘蛛。

米太太見祝亮注視，大方把指環脫下，「有點鬆，還得拿去修改，你試試這枚古老祖傳指環。」

「不，不。」

「怕什麼。」

祝亮只得套在左手無名指上，剛想脫下歸還，聽見米太太說：「車要過和平橋了，呵，霧竟這樣厚重，窗外什麼都看不到。」

就在這個時候，車廂頓了一下，燈光全無。

祝亮在街上流浪，危機意識要比別人略強，電光石火間她下意識撲往籃子，整個身子伏在嬰兒體上，緊緊抱住。

她還來得及聽到轟然巨響，耳膜震得嗡嗡響，接着，是一下撞擊，把她身體打離車廂。

然後，祝亮感覺劇痛，失去知覺。

那一邊，位於和平谷貴重住宅區的米宅燈光火亮，正忙碌準備老太太生日，不過是一家吃頓飯，卻也佈置鮮花彩燈，把原來裝修樸實大廳增添三分喜氣。

管家報訊：「阿好已經趕上二一五列車，車子因修理空氣調節遲到三十分鐘，這時派司機去接剛好。」

「還說什麼？」

「說嬰兒漂亮到極點，同他父親一個胚子。」

老太太笑，「那自然，可有說小米太太長得如何。」

「十分秀美，人也和善。」

「哼，到家才與米滿算賬，結婚、生子，並不知會家裏，成何體統，我這母親還怎麼做下去。」

「司機出門了。」

老太太坐偏廳喝熱茶。

米老太其實並不老，六十歲左右，臉肌略鬆，卻無皺紋，連下巴線條都維持得相當緊，身段也苗條，穿一套灰紫色復古式薄棉襖棉褲。

等人，時間過得特別慢。

看一看鐘，是九點多一點。

這時書房門打開，一個英俊年輕男子走出，「還沒到？我急着要見侄子。」

這人是米倉，米家二子，比米滿小一歲，兩人長得極之相像。

「過來，」老太太拍他，「陪母親説話。」

「母親最偏心大哥，換是我遲到這麼多，已經吃不到甜品。」

米老太笑。

就在這時，大門有響聲。

「到了。」

有人自樓上張望，「大哥回來啦。」
這是米家三小姐米春分，圓臉大眼，高䠷身段，長髮及腰。
可是門一打開，跑進屋的是臉如死灰、喘氣及渾身顫抖的司機。
「太太，太太——」
管家不由得生氣，「什麼事，站好，慢慢說。」
司機結結巴巴：「太太，二一五班列車失事，三卡墮下和平橋，餘車着火焚燒，救護人員正在搶救——」
整個大廳忽然靜寂無聲。
不知過多少，米倉第一個回過神，低聲說：「看新聞報告！」
他重回書房，開啟電視，看到血紅大字：「突發新聞」，記者急速報告：「自萬安市駛出列車二一五號，經和平橋突然出事，頭三節車及火車頭墮入河內，水警輪迅速駛近拯救，未知傷亡人數……」
另一記者補充：「消防員站岸上救火，他們在濃霧中努力搶救，傷亡人數眾多，正被送往附近三家醫院，隊長說，現場宛如地獄，奇是奇在橋頭的紅綠燈仍然閃爍發光，橋身卻已斷成三截。警方要搜尋真相——」橋附近滿滿是急救車閃爍燈光，在霧中尤其詭異。

米老太緩緩走近書房門口，「米滿一家，可是在列車上。」

米倉連忙叫人，「春分，你在何處，快來扶住母親。」

米春分臉青唇白趕到，本想扶母親手臂，誰知腳下一絆，摔倒在地，嘴角碰出血。

米倉一把拉起，將母親與妹妹一起摟進懷抱。

接着幾天，日子不知是怎麼過去。

一家不吃不眠，米倉看到清晨太陽升起，不由得走到門口細看，是，是太陽，晨曦橘紅色照滿天。

警方人員已經抵達米宅報訊。

他們坐在偏廳，由一位警長報告噩耗。

「頭三卡廿七名乘客無人生還，遺體毀壞不堪，另外一百廿餘人受傷，這是本國有史以來最嚴重火車災難。」

這些數字，米家已自新聞報告中得知。

「一旦驗證，當即刻通知府上——」

這時，女警身邊電話忽然響起。

她說聲對不起到一旁接聽，忽然之間淚盈於睫，「是，我立刻着他們到醫院。」

放下電話，急步走近，「米先生，府上尚有生還者。」米倉聞言心幾乎自胸口躍出，一陣暈眩，顫聲問：「是誰？」

「一個嬰兒及一名婦女，快隨我往醫院。」

他大聲叫：「春分，春分！」

春分連忙追隨。

女警見憔悴的三小姐蓬頭垢面，衣衫不整，分明幾日未曾梳洗，同情地扶她上警車。

「老太太呢。」

「她剛服藥小睡，且勿打擾她。」

警車裏無線電報告：「二一五列車於半小時前尋獲生還者，在第四節車衛生間洗手盆下，救護人員聽到微弱哭叫聲，起初以為是小動物，把殘鐵移開，發覺空間內藏着一具女性蜷曲燒焦身軀，居然尚有生命跡象，堪稱奇蹟，更奇蹟的是，她懷抱中藏着一個初生嬰兒，絲毫不損，救護人員忍不住落下熱淚……」

醫院大堂電視熒屏不住放映救生員淚流滿面的動人情況。

醫院擠滿探病親人，看護把他們帶到一間會議室，醫生叫他們坐，「他們可能是米家僥倖生還者，請先看一看照片。」

米春分來不及搶過照片。

只見一個幼嬰，真是奇異救恩，躺看護懷中熟睡，分明已經餵過奶，表情安樂，米春分只覺臉胚、鼻子跟她大哥一模一樣，失聲痛哭。

至於照片裏的大嫂，滿身繃帶，吊滿藥水管子，看不清容貌。況且，他們從未見過她。

醫生說：「病人背脊百分之三十五燒傷，需要植皮，未來整個星期在隔離病房，我們已為她製造人造昏迷，免去痛楚，今晚，我會刻意回家陪家母吃飯，到今日，我才知道母親的愛，救活這名嬰兒。」

米春分已經哭得一堆糊似。

「你們可以先探訪嬰兒。」

米倉忙不迭點頭。

警員拿着一隻大紙袋進來，「這些都是證物，請查看可能辨認。」

如此兵荒馬亂，辦事絲毫不亂。

戴上手套，取出一套燒焦衣褲，米春分說：「呵，Brooks Brothers，正是大哥最喜歡牌子，看樣子大嫂也受其影響。」

「還有這個。」

那是一枚指環，大寶石絲毫無損，米字狀金絲爪子鈎住寶石，別致如一隻蜘蛛。

米倉沙啞聲音，「這正是家母給家兄之物。」

「那就不錯了，為策萬全，米先生，請求驗血，與嬰兒對比因子。」

外邊一整條走廊都是哭泣之聲。

米春分輕輕問：「我大哥呢？」

「正在把遺體篩分，肯定已無生還者。」

米倉與春分走到兒童病房，看到小小嬰兒。

看護說：「他只有點脫水，其餘一切無恙，多虧他母親，以身相救。」

米倉輕輕抱起幼嬰，他被騷動，突然不忿，張嘴痛哭，因未滿月，哭聲唔呀，米倉也失聲，「是，是，我知道，但你還有媽媽，還有祖母，還有小姑姑——」

與春分一起蹲到地上。

看護雙眼都紅了。

有記者想拍攝奇蹟生還的嬰兒，被院方及米倉拒絕。

真是冷血動物，還夠膽擠在病房門外大聲問：「你們傷心嗎」……

米倉說：「五行欠打！」

再去探訪大嫂。

「我們只知她叫梁美麗。」

「幼兒呢。」

「米丰。」

「這就對了，傷者半昏迷時曾叫小牛，小牛，牛與丰字差一點。」

隔着玻璃，只見病人面目模糊躺在特備氣墊床上，四肢搭滿維生器管子。

「替她禱告吧。」

看護對米氏兄妹說：「你們來探訪小牛之前，請先沐浴更衣保持衛生。」

他倆回到家第一件事便是洗刷沐浴，逝去的人不會回轉，活着的人還得活下去。

米老太已可以緩緩坐起，有點呆，不大會說話，米春分鼓起勇氣將整件意外事件告訴母親。

先說不幸中幸事，「嬰兒過兩日可以出院，醫院將破例發給他出生身份證明文件，大嫂還得診治。母親，出事迄今，已有個多星期，是，大哥已經在該次意外中身亡，只尋回一枚指環，內裏刻有大嫂名字，請母親節哀順變。」

米老太從頭到尾沒有捶胸拍地哭泣，或申訴上天不公，她輕輕要求米倉解說火車墜河意外如何發生。

米倉集中新聞報告要點，向母親匯報。

首先，市長已經引咎辭職。

和平橋年代久遠，已有七十年歷史，分開三段建造，中間一段，中央設旋轉器械，橋身可作九十度角轉移，讓大船通過，但是，已多年未曾開啟應用。

問題就出在這裏，這一段橋身，也不曾仔細修理。

出事當晚，不尋常濃霧，幾伸手不見五指，一輛躉船，緩緩駛往橋底，船長聽到轟地一聲，以為撞到另一艘躉船，連忙後退，並且報警，不過，他撞上的是橋身中央，燈號綠燈電線卻未斷，仍然亮着，表示可以通行。

二一五號列車因為修理空氣調節，晚了三十分鐘駛出，這個時候，不遲不早，剛剛駛往斷橋，火車頭先墮河，造成悲劇。

大霧、遲到、冒失的躉船，橋身失修，二一五號列車劫數難逃，造成悲劇。

米老太聽畢輕輕說：「像是避都避不過的災難。」

下午，她吃了一點固體食物，希望到醫院把孫兒抱回家。

「母親，你再休息數天。」

老太太很固執。

一行人只得陪她一起。

看到小牛，神色祥和，緊緊抱住，小嬰似懂事，忽然展開笑臉，老太太把臉頰貼着嬰兒面孔，低低傾訴：「阿嫲照顧你，不怕不怕，你還有叔叔姑姑。」

又在玻璃門外看望陌生媳婦。

醫生說：「真沒想到能夠存活，每天都有一點進步，叫醫務組鼓舞。」

病人堪稱遍體鱗傷，頭皮燒焦處頭髮長不回，需要植髮，背脊皮開肉爛，植上人造肌膚，最突兀之處是生育後下體嚴重發炎，終於也治妥。幸虧年輕，但治癒之後，想必不能恢復舊觀。

「幸虧一雙眼睛無損。」

米老太堅決地説：「請醫生必須治好，她清醒時第一時間告訴我。」

一家人強自把悲痛埋地下，一見苗頭，立刻摘除，不讓生長。

也活下來了。

全家注意力都在小米手身上：「怎麼不哭」，「為何睡那麼久」，又「好餵奶沒有」，都爭着搶抱，爭先恐後的做。

終於，老太太發話：「米倉，你去上班，春分，你繼續約會。」

雖是這麼説，某天，一個小青年駕着紅色小跑車來約會米春分，不識相在外邊響號，被米倉聽見，怒氣頓生，先到儲物室找到棒球棍，隨即走出門，大力用棒擊向跑車車頭燈，打個稀巴爛。

那小青年呆住，「你，你——」

米家司機奔出攔住米倉，冷冷對小青年説：「你還不走，須知這是私人產業的私家路，我們保衛家園，把你擊倒也無罪！」

這是事實。

年輕人連忙將車風一樣駛走。

米倉把球棒丟地上。

管家氣急敗壞，「什麼事，把小牛嚇哭。」

一聽是小牛，米倉頓時氣消，進書房去了。

春分萎靡地站門口，「我這輩子嫁不出去。」

管家倚老賣老，嗤一聲笑，「嫁這些人？三小姐，不如我服侍你一輩子。」

米春分頹然，獨自探訪醫院裏大嫂，醫生知會，她已醒轉。

正與醫生說話，米倉也來了。

兩兄妹不講話。

醫生說：「心理專家把意外片段新聞播放給梁美麗女士觀看，她沉默、無表情，專家認為是創傷後遺症，她尚未把該意外與自身聯繫起來，需要靜養。」

「可有問及家人。」

「她未有示意，專家意思是，把幼兒抱來相認。」

這時，老太太與管家抱着孩子也到了。

大家還是第一次見嫂子。

她五官無損，臉色蒼白，可是不掩秀美，頭顱裹着繃帶，全身四肢受到固定，不能自由擺動，眾維生管子已經拆除，但是，她雙眼沒有焦點，不知看着什麼，也不知是否想看到什麼。

春分連忙輕輕握住她手，「大嫂，看看小牛。」把嬰兒遞到她面前。

病人像是看到嬰兒，可是猶疑，春分再遞近些。

那孩子哭泣，病人連忙用手指撫摸他雙眉，說也奇怪，他漸漸止哭，只嗚嗚作響。

保母把奶瓶交給病人，她拿起小小四安士瓶子，遞給寶寶，小嬰用吃奶氣力啜吸。

大家說：「好了好了，回到媽媽懷抱。」

老太太說：「美麗，現在最重要的是休息。」

她把孩子擁懷中，覺得安慰。

美麗，為什麼都叫她美麗？她的名字並不是美麗，她叫祝亮。

這幾個身體語言充滿關切憐憫的陌生人圍住她，他們都是誰？

迷惘眼神叫醫生說：「病人剛甦醒，請各位別急進。」

一個非常英俊高大的年輕人說：「春分，我們先在外邊候着。」

那叫春分的少女答：「不，你先出去，別騷擾我們。」

這像是兩兄妹，那麼，老太太是母親。

老太太握住她手，「美麗，米滿已不會回來，你要鼓起勇氣活下去。」

米滿，那又是什麼人。

醫生說：「我們要替病人檢查傷口了。」

諸人只得離開病房，老太太把嬰兒接過手。

看護輕輕對病人說：「他們都是你至親，是米先生的家人。」

米先生又是誰。

「你慢慢會想起，該次意外若干傷者的記憶都暫時模糊，不要怕，慢慢來。」

看護把繃帶拆開，「嗯，癒合理想，醫生，你看看超乎期望。」

醫生探視，亦感歡喜。

「美麗，你每日要做物理治療，活動兩臂及背部肌肉。」

「疼痛是必定現象，請慶幸你可以看着兒子長大入學結婚上班，那是最大鼓舞。」

她嗅覺依然靈敏，聞到膿瘡潰瘍氣息。

她作一個要鏡子動作。

看護輕輕說：「要有心理準備呵。」

鏡子裏的祝亮的五官傾斜往右，右眼像是吊起，頭皮一角有×××縫針，疤痕纍纍，像不知是誰人的頭殼接到她頭頂，頭髮已全部剃光。

奇怪，那家人看到，竟然不怕。

她很鎮定，不發一言。

醫生說：「你與家人的態度完全正確：處變不驚，靜養生息，放心，醫務團隊會盡全力。」

他與看護離病房。

「沒想到她如此堅強，大難不死，挺了下來，也不對天嚎啕。」

「但是，她沒說過一個字，那也是一種劫後創傷。」

「希望她安然度過，記者們十分留意她的消息，當作是本市劫難中吉兆。」

「唉，本市這個大災劫……」

病房內，祝亮靜靜躺着，想將整件事組織一下，但是思維似一堆亂絲線，糾結一團。

一線陽光自窗外照到她手上，一般綁着繃帶，聽說燒傷最難治理，因為肌肉紋理經已燒斷。

服下止痛劑渾身還疼痛跳動，痛有痛的脈搏，她勉為其難吨着。

半明半滅，她看到自身坐在火車包廂吃蛋糕，奶油香甜，幾乎叫她感動落淚。

對面坐着秀美的米太太，「你試試這指環」，又説：「你抱抱孩子」，奇詭，很少有女子叫別人試戴婚戒，像是預知有什麼事要發生，把她的下半生託給祝亮代活。

然後，就在該剎那，轟一聲，眼前一黑，醒來，已在醫院。

對了，電視上的列車出軌墜河焚燒事件，説的便是二一五號，當時，她在列車上，米氏一家三口與保母也在車上，他們連同保母阿好都不幸喪生，只留下嬰兒是活口。

米家誤會她是梁美麗。

不，不，祝亮掙扎，不是，她並非梁美麗，她只是一個流浪女，闖入蟲洞，進入他們世界。

這一驚非同小可，她張嘴呵呵呼叫，看護聞聲走入，替她注射，喃喃說：「不怪你做噩夢。」

接着一段日子，祝亮在醫院休養。

米家每日有人探訪，帶來精緻清淡營養麵食，祝亮吃得頗多，叫米家竊喜。

祝亮最喜歡一點是每次都抱來嬰兒，讓她餵飼。

一次，剛抱上手，忽然聞到奇臭，保母尷尬，「喔唷，小牛，你也太會消化了。」

大家都笑。

這笑，在米家近日是難能可貴的事。

等到祝亮可以郁動身體，米家舉行喪禮。

春分親手與保母一起幫祝亮小心翼翼換上黑色袍服，扶她坐上輪椅。

裏。

草地上米家一式正規黑色禮服，連幼兒都穿上小小西服，由老太太抱懷

一家整齊肅穆，十分莊重，一家人的高下，看得出來。

由米倉帶頭，獻上花束，接着，把祝亮的輪椅推前。

祝亮不知恁地，忽然掙扎着站起，米倉想阻止，被母親眼色喊停，只見

祝亮緩緩撐着站立，慢慢一步步走近，放下鮮花。

她沒有再坐，春分連忙上前扶住。

完成儀式，眾人回家。

祝亮這才坐在安樂椅上。

春分低聲問：「可要吃點心。」

祝亮指向黑森林蛋糕。

米老太懇求醫生讓媳婦回家休養。

「不要心急。」

祝亮含着甜蜜奶油，忽然把苦澀往事都想起來。

她怎麼會誤打誤撞來到了這個家。

米氏眾人穿着黑色喪服都那麼整齊美觀端莊，這不可能是她的家，她只是一個丐婦。

這時她神情又開始獃鈍。

春分故意引她分心，「我替你在紅茶裏加些拔蘭地。」

看護說：「我接你回醫院休息。」

祝亮又想站立，但這次未能爭氣，坐倒在椅上，她坐輪椅回醫院。

春分帶給她大疊報章雜誌，都有關二一五列車出事報告，心理醫生叮囑：「只有接受事實，創傷才能有希望痊癒。」

春分每日上午陪說話，以為驕縱女晨早起不來，但她每早必游早泳運動，單是這個好習慣，叫她健美康莊。

「大嫂，過些時間，你也一起。」

我不是你的大嫂，一旦身體恢復舊貌，一定悄悄離去，這段日子，走不動，不能走。

「還是不想說話。」

無話可說，她只慶幸來到一個可以避難的地方。

管家送來菜煨飯，她最喜歡吃這個。

自幼在英國寄宿的春分說：「我最怕華人的火腿、鹹魚、泡菜、以及種種乾貨。」

她大概最喜炸魚薯條。

春分又發表意見：「一個人，但凡在何處讀書，一顆心就留在那裏，大嫂，你在何處讀書。」

著名的社會大學，成績劣等，沒能畢業。

管家說：「三小姐你一味聒噪，病人想靜都不行。」

祝亮連忙搖手。

下午，是老太太探訪她的時間，抱着米丰，她開始有點笑容。

她很直率，「美麗，你放心，我會照顧你生活，你要是願意留在米家，無比歡迎，你也可以看到我家並不複雜，你要讀書、工作，都有機會，假使將來你要再婚，米家不會反對，可隨時探訪孩子。」

祝亮不出聲，這話裏有因。

「我給你介紹一個人，殷律師，你請進。」

一位中年女士推門進房，衣着打扮時髦但含蓄，髮式簡單，淡妝，氣質文雅，一雙眼睛炯炯有神，像可以看穿眾相。

「你好，美麗，我受米太太委託，有些法律上問題與你商量。」

祝亮已知道是什麼一回事。

這時米太太藉故離開病房。

殷律師坐下，取出小小一部攝錄器，開啟，放一邊，「希望你不要介意。」

祝亮不出聲。

「美麗，無論將來如何，米丰當留米家，你儘管說出條件。」

祝亮緩緩點頭。

殷律師露出笑容，「美麗，你大方懂事，明白什麼是為孩子好，請勿誤會，米家當然希望你也留下。」

祝亮再點頭。

「你身體與心靈都受到極大創傷，不是立時三刻可以痊癒，米家希望你簽下這份簡單合約，同意讓米倉成為米丰合法監護人。」

即是對媳婦不投信任票。

祝亮看着懷內嬰兒，胖胖小臉平靜熟睡，倘若是她親生，她怕也得交出。

「文件放這裏，你看後簽署，這張本票是你的安家費，美麗，為何你家人迄今未來探望。」

是呀，難道梁美麗同她一樣，沒有親眷。

「一家有一家的難處吧，我不便多問。」

祝亮點頭。

「銀行支票你收好，你如果要升學，我替你辦手續。」

從何處讀起，小學？她吁出一口氣。

「不要消沉，路由人走出。」

祝亮垂頭，下巴碰到胸前。

「對不起，我不得不說些心靈雞湯式安慰語，真正能救你的不過是你自身，為着米丰你必須振作。」

這時，小米丰忽然瞇瞇笑，他並沒有醒轉，像是不知做了一個什麼好夢。

祝亮靜靜讀過簡單文書，簽署梁美麗三字。

「我會替你補領身份證明文件。」

祝亮不出聲。

她的身份，想必長久瞞不過這名精明律師，她似是那種日審人，夜審鬼的神明，祝亮精神恍惚。

殷律師離去。

老太太迎上。

「很順利，她什麼都不反對。」

「世上不盡是奸詐之徒。」

殷律師答：「那是我們，趁她傷重未癒，精神不穩——我們乘人之危。」

「我們也是逼不得已，阿滿任性忽然決定結婚，我一直反對，我們對她身世履歷一無所知，但看樣子，錯有錯着……」

「你不覺得事情太順利了一點。」

「也許，是上天給米家留一些餘地。」

米太這時流淚。

春分知道這件事，對二哥米倉說：「老女人最殘忍。」

「你這樣看母親？子不言母。」

「是殷老怪出的主意。」

「律師的任務是替當事人出意見。」

「你贊成？」

「這是唯一把小米手留在米家的方法。」

「為什麼要通過律師？」

「因為口說無憑。」

「天氣涼了，母親囑我為大嫂置些衣物。」

「拜託，不要再穿動物的皮。」

「你又不是吃素的人。」

「吃肉維持生命，可是，把人家皮剝下來穿身上，是什麼意思。」

「不與你說。」

米倉並未閒着，他委託調查員追查梁美麗身份。

米滿很少與家人說私事，春分稱他為失蹤大哥，只有在生活費不足時才與殷律師接頭，最近一次，是大半年之前，殷律師一聽數目，怔住，「是要結婚嗎」，「不，是要生孩子」，這才知道他處境。

殷律師提出條件，「行，你帶家眷回來祝賀米老太六十大壽」，米滿呵呵笑，「一定一定，見人收款。」，殷律師氣結。

那筆款項，此刻交給他遺孀。

調查員報告：「查過米滿此人無結婚註冊記錄，他在該市沒有太多朋友，又聽說梁美麗是一名找不到戲份的演員，為生計，在酒吧做侍應，見過的人說她異常秀美，最拿手調莫希多雞尾酒，與米滿一見鍾情，旋即同居，之後隱居，不大露面。」

米倉聽後發獃，難怪她沒有親人。

調查員傳來照片，只得一張在酒吧內拍攝半身照，可以看到美麗正認真含笑調酒，穿白襯衫，不扣紐，在腰上束一結，可見胸部極豐，是，容貌秀美，故此酒吧前邊站着不少客人。

面貌與傷後的她不能說相似，但漂亮年輕女子大都大眼高鼻尖臉，差別不大，耳朵外殼人人不同，如同指紋，但此刻的梁美麗整隻右耳燒融，不復存在。

「是你要找的人嗎？」

米倉只能答：「是。」

「關於令兄，只能說不幸。」

米倉也只能回答：「是。」

那一邊，春分像忽然找到一個可以說話的人，她說：「大嫂，你覺得我是一個無聊的人吧，其實我對時裝設計最有興趣，但母親不允我赴米蘭學習，只得僵在本地設計學院，視野可能差一點，給你看我功課——」她帶來許多圖樣，給大嫂參考。

一看就知她有興趣無天份，圖樣很普通，模仿名牌子，大花、短褲短裙配長大衣等，亦有摺紙形上衣及裙子。

「怎樣。」

祝亮微笑點頭。

「你有意見，替我改一改。」

祝亮自覺沒有學識，很難動筆。

碰巧春分替她置了大量秋冬季衣物，一件件取出給她看，病房像時裝店，看護進來，「請收起，病人換藥。」

春分還是第一次看到大嫂背部大片燒傷植皮之處，一格一格，相當整齊，可是格子內有扭曲鮮紅肌膚，像剝皮肉類，春分震驚得說不出話，但仍能維持鎮靜。

看護說：「來，幫大嫂塗藥，這藥膏由美宇航處研發，於燙傷及雀斑有特殊效用，一些女士想盡辦法取到用作美膚。」

「啊，給我一瓶。」

「你要問大嫂要。」

「大嫂，我先學着幫你敷藥，早些回家由我服侍你。」司馬昭之心。

看護都笑。

傷口極大，不時癢，很多時痛，祝亮都忍下來。

醫生說：「你試試開口說話，米家諸人都惜護你，不要怕陌生。」

祝亮點頭，日常她毋須說任何事，一切已預備妥放在面前。

那天下午，米手有點感冒，不來了，她覺得空虛，十分掛念，小孩與小動物就是這樣，本來不算鍾愛，卻易日久生情，祝亮想到小嬰揮舞短短胖臂模樣，嘴角會泛起微笑。

米倉與春分來了。

一路吵嘴，在門內聽得清楚。

「我就看不慣那些小赤佬在門口按喇叭喚你出去樣子。」赤佬，在滬語中，是鬼的意思。

「男女平等。」

「妹子，男女平等是你不介意駕家中梅柏接他，而不是他不按鈴不上門喧嘩呼喝。」

祝亮聽着，覺得十分順耳。

「人家已不上門。」

「那最好，下次就要打腳骨。」

他們兄妹進病房。

米倉坐在一角，取起春分的設計圖樣翻閱，「噫，略有進步。」

春分一看，「咦，是大嫂改過的領子與袖口。」

祝亮有點不好意思。

「大嫂，醫生說，下星期你或可出院。」

幾乎所有病人都希冀回家，唯祝亮情願留院。

「那樣，母子可時時見面。」

祝亮如常不出聲。

她打算自醫院直接離開米家諸人。

下星期再說。

她把春分帶來衣物留一件長大衣及一套西服。

第二天早上，她趁護理人員交更繁忙，偷偷溜出醫院，自後門樓梯走下，從垃圾門走到公路車站，這段路程不短，她走得喘氣。

然後，發覺忘記帶鎮痛藥，痛得痙攣，彎低身子。

公路車站乘客讓位，「你不舒服，可要替你叫救護車。」

祝亮知道沒有辦法繼續，只得回頭走，無力支撐，靠在牆上，不住飲泣。

這是列車失事後她第一次流淚。

一雙強壯手臂在身後緊緊抱住，「美麗，你散步走遠了，我陪你回去。」

是米倉追上。

他一知醫院走失人，心急如焚立刻丟下工作趕來，人急生智，往車站找，一額頭汗珠，果然，找到了人，他鬆口氣。

祝亮看到他這樣情況，不禁說聲對不起。

「你想散步，我每早上班前陪你，你別自己出來，你距離痊癒，還有一段日子。」

米倉扶她慢慢回頭走，一邊說些開心事。

「昨晚小牛忽然抝起腰學坐，嚇大家一跳，我們隨後鼓掌鼓勵，他很高興。」

回到醫院大堂，祝亮已經痛得面色煞白，看護立刻趕上，想責備幾句，被米倉眼神阻止。

忽然他緊緊擁抱她，「我們知你傷心欲絕，大家也一樣」，明知說了也是白說，新寡，如何安慰，「母親已許久未曾安眠，不想收拾大哥房間，靜寂之時，我會大叫：米滿你為何一走了之，半夜聽見春分啾啾哭泣，但是天一亮，大家不得不振作起來：看小牛長胖沒有，幾時吃固體食物，還有，美麗什麼時候出院……」

祝亮漸漸平靜。

「你想走往何處，一張公路車票，能去多遠便多遠？沒到安寧市你已撐不住，先把身體調理妥當，你再覺得不開心，才慢慢商議。」

從來沒人如此開解她，由來，她要走便走，無人挽留，只當丟下一個大包裹，被輕蔑慣了，她沒有自尊，一向輕視自身。

看護進來，替她注射，這樣自言自語：「誰沒有難過時刻，總得咬緊牙關度過，你還有那麼小的孩子，更要為他着想。」

祝亮閉上眼睛。

「說話吧，對家人說出心事，會好過些。」

祝亮盹着。

忽然看到一張臉趨近，不懷好意嬉皮笑臉，「日子過得太苦，全無必要，我已探好路，澳埠願意找孕婦拍電影，酬勞豐潤，拍一部二十分鐘影帶，足可賺十萬。我們二人團屈在小房間無煙無酒哪是辦法，這是合約，一簽名便可換錢，最多工作三天，絕不食言。」

祝亮渾身顫抖。

「你還在想什麼，唉，你渾身發臭，好些日子沒吃飽洗澡，似個丐婦，往日還算好看，懷孕後似爛蘋果，一無所用，不是我軟禁你，你也無法走路。」

祝亮顫聲：「我快要生養。」

「他們就是喜歡你這模樣，來，我帶你往酒店房間略作梳洗。」

祝亮緩緩站起，看着那人開門鎖帶她走出房間。

小酒店房間陰暗，但有設施。

祝亮一邊洗臉一邊說：「我想吃碗麵。」

「我叫伙計替你買。」

祝亮走運了，伙計不願出差，那人只得自己去，走之前把門鎖緊。

祝亮知道能否逃出生天只靠這段時間，她人力敲門：「廁所淤塞，水浸房間！」

那伙計急忙開鎖進房搶救。

祝亮乘機奔出，抓住椅背一件破大衣與櫃面上一些零錢，半滾半走往街上跑去，很快，湮沒在鬧市人群裏。

她一邊走，一邊已在淌血。

蹣跚走到醫院急症室，只覺劇痛，那種痛，是她完全沒有經歷過，年輕的她臥倒地上張大眼喘氣，以為隨時會死在當地。

旁人聽見她嘴裏發出動物般嘷叫聲，連忙扶着喊救命：「看護，醫生，這邊！」

祝亮看着醫院天花板，大光燈旋轉，眼前一黑，心裏一寬，好了，可以回家了。

醒來之際，發覺自己躺在大房間，六張病床，全是產婦，個個臉無人色，穿着寬鬆囚犯似袍子，祝亮她也是其中一分子。

她撫摸腹部，知道已經生產。

隔壁一張床上的年輕產婦正在剝橘子，親切地問：「生了，是男是女？」

祝亮答不上。

「我的是一個男嬰，家裏很高興——」

她的家人來了，挽着食物，「我們去育嬰室看過寶寶，相貌端正，高鼻子，哈哈哈。」

祝亮掙扎着下床，找到髒舊衣服，換上，不見破鞋，胡亂穿上別人的球鞋，便自後門逃走，一路找到火車站。

盹睡的她忽然驚醒，撕心裂肺嚎叫。

看護連忙搶進，「不怕不怕，我們都在這裏。」

大家都同情她，經過那麼恐怖災劫，不做噩夢才怪。

那孩子，她未曾見過那孩子一面。

祝亮都記起來了。

春分低聲與她說：「今天送阿好，你還記得她否。」

祝亮點頭，那老好保母，她對人熱心。

「阿好從小帶大我，我得去送她，大嫂，你也一起，你是最後見她的人。」

米家是好人，不知為何遭此不幸。

第二天米家接她出院。

「醫生說回家多抱孩子，於你心情會有幫助，母親說你一時見一大群人不慣，在後園客舍打點出住所，讓你暫住，該處幽靜，你不叫人，傭人不會打擾。」

祝亮垂頭。

「美麗，這就是你的家，不要再多心。」

小小居所由春分設計，別致斯文，鋪地毯，大抵是方便嬰兒爬行，環保木大書桌——祝亮從未擁有過書桌，有點發怔。

臥室全白，清爽雅致，嬰兒房就在她臥室旁邊，一切具備，小牛還有自家衣櫃，祝亮看着牽起嘴角。

「大嫂喜歡就好。」

這麼短時間就籌備妥當，真是周到。

窗台上放着一列音樂盒子，「這全是二哥所送」，她打開一隻，一個小丑舞動，「音樂是天鵝湖，還算悦耳」，受過正統教育的人懂得真多。

「這裏有個小廚房，你可以做咖啡奶茶。」

祝亮忽然握住春分雙手。

「不客氣，你高興就好。」

穿運動服的米倉微微笑站門外邊，也不說話，站一會就離去。

春分說：「這陣子阿倉也不好過，他們兩兄弟最要好，幼時，任何一個捱打，另一個也會哭，少年時合資看成人影片，被禁足整月，二人環遊世界，走遍全世界裸泳海灘，唉，如今他只好一個人享樂。」

祝亮不住點頭。

富家子弟，這樣已經算過得去。

春分似毋須工作，她說：「一開頭，做學徒，不論哪一行，總是坐暗角落頭埋頭苦幹，發風落雨，都得準時上班，不準時下班，算一算，薪酬比最低工資好不了多少，大哥與我，一早立定心思不會坐是非多多的辦公室，公司的事，落老二身上。對了，你愛大哥什麼？」

祝亮不認識米滿，她也沒見過他。

那一晚，他在火車餐卡與朋友喝啤酒。

「管家說，彷彿隨時隨地，米滿會得開門進屋，又耳邊似一直聽到他跑車引擎吼叫，他說電動車什麼都好，就是不發聲，沒有引擎，何來吼聲云云。」

看來，他是大孩子，未經歷練的人都長不大。

一晚，春分敲門，「今夜月色又大又亮，我與你出去賞月。」

兩人沿着私家路散步，「這叫瓷月，比平時大50%。」

祝亮抬起頭，本來，這個動作會牽起頭皮生痛，今夜已不大覺得，畢竟，列車失事迄今已經快半年，和平谷居民已去忙別的事，破橋已經拆卸重建。

除出祝亮，世上恐怕已無人記得梁美麗。

爆炸後有兩具遺體無法辨認，亦無人認領，均已分別下葬，其中一名，想必是梁女士。

「大家都等你開口說話。」

風有點勁，她倆回轉。

到門口，看到米倉的銀色跑車打橫停在閘前。

「二哥回來了。」

門開進去，咦，一地是男子衣服，春分一件件撿起，西裝外套裏有鎖匙叮叮落地，春分咕噥，「又喝醉了。」

書房門敞開，在門外已見米倉大字那樣攤地上睡着，全裸，一覽無遺。

春分連忙用外套遮住，「二哥，醒醒。」

推都不動，氣結，「這樣會着涼，」示意祝亮幫手，祝亮那敢動，連忙搖手，找來毯子蓋上。

走近，只聞到一陣酒氣與汗騷，平時斯文爾雅的米倉，脫下衣冠，同一般莊稼漢沒什麼兩樣，身段壯健，比想像中胖一點，春分笑語：「他再不注意飲食快要穿胸罩。」

祝亮一聽，實在忍不住，笑出聲。

春分說：「好了好了，大嫂笑了。」

太重，搬不動，只得隨他去。

一時睡不着，站窗前，祝亮想，她的身份，終有一日會被拆穿，身體恢復舊貌之後，走為上着。

真有愧米家。

第二早，祝亮忽然看到米家真實一面。

早餐時分，她想喝杯咖啡，走近餐廳，就聽見春分憤怒聲音：「我也要擁有自家公寓房子，母親，請勿拖延，我已決意搬出，否則，我會先租後買。」

喔，來了。
祝亮想後退，險些碰上米倉。
米倉換上西服，又淋了浴，身上一股藥皂香，他輕輕說：「又在吵可是。」
老太太說：「已經在準備。」
「要立刻！今日！」
米倉揚聲：「春分，別過份。」
「已經禁足三年，我都成老姑婆了，還沒有自己居所。」
「春分，別惹大嫂笑話，坐下。」
春分連忙走開，到嬰兒房看小牛，保母是日放假，祝亮會忙碌些。
她異常鍾愛這孩子，幼兒也有感情，漸漸倚賴，見了面，第一個動作便是臉依偎着臉，接着說知心話：「能坐起來，自由得多，不久會走路，更加可以到處去，不過走得再遠，也得時時回家看阿嫲。」
只有小牛聽到她聲音嘶啞，哽在喉嚨，壓得極低，似嗚咽。

她自己的孩子應該也這麼大，這時候恐怕已被人領養。

小牛有一項絕活，那是用小小胖手把白白的腳扳起，舉到臉旁，哈哈笑。

他一表演這絕技，祝亮也忍不住笑。

這時米倉與春分也來看侄兒。

經過昨晚的事，祝亮不好意思直視他，他也自春分口中知道裸體已為人看過，訕訕站遠些。

春分明顯已達到要求，笑嘻嘻過來抱小牛。

忽然她皺上鼻子，「不對，要洗一洗，保母放假，讓我來。」

打開包裹，哎呀一聲，「我的天，寶寶，你吃過什麼，臭成這樣，對不起，我幹不了！」

米倉也掩鼻，「小小人，你太不道德，快重新包起，我快暈倒。」

嬰兒約莫知道大人在嘲弄他，生氣，放聲大哭。

祝亮連忙把他們推出，動手替嬰兒清潔。

那兩個大人在門外笑得翻到：「大嫂真偉大」，「媽媽不落地獄，誰落地獄。」

祝亮替孩子清洗完畢，換上乾淨衣服，寶寶恢復可愛香噴噴原形。

米老太在外頭與管家悄悄說：「這樣乖巧媳婦再找不到第二個，凡事親力親為，又不講話，無任何是非，只專心養傷，半年來足不出戶。」

管家點頭稱是，「靜得以為她隨三小姐外出，可是張望一下，只見她抱寶寶在膝上看圖畫書。」

「有說話嗎？」

「沒聽見，但寶寶很享受的樣子。」

「家裏總算有點盼望，米倉與春分也多留家中。」

春分要求的寓所原來在倫敦，她讓祝亮看圖則，「你健康允許，我們一起逐個城市逛。」

祝亮聽着發獃，不必很富有，就能夠讓女兒在外國喜愛城市擁有公寓房子，已經福滿盈盈。

這是大部份世人盡一生之力拼命賺錢的原因吧。

祝亮是兒童院長大的棄嬰，整個童年與青少年掙扎得脱皮，就是為着時有時無的三餐一宿，看到春分如此豐足，黯然。

每天下午，看護到米宅照顧她做康復運動，脊背傷疤開始糾結，細胞復元有他們自己的意向，祝亮的臉面仍然歪曲，她對鏡認不出自己。

祝亮躲房內養傷，極少離開臥室，他人會覺得悶閉，祝亮卻覺安全。

她認清米宅各人聲音，米倉聲線低沉柔和，應付調皮的米春分自有一套：「是這樣嗎，我想想」，不置可否，待米太太決定。

美媽生美女，春分一頭烏滑長髮，叫人明白為什麼美女全留長髮，簡直是表情及四肢之外另外的風姿輔助，她穿最時髦衣物，鑽研學問那樣專致打扮。

祝亮聽得到她講電話：「……你看熒幕上都已經沒有黑髮，全做了深深淺淺咖啡色，我仍然堅持漆黑……」

也不是沒有心肝，有時呆坐，家人同她説話，她會突然冒出一句，「大哥是永遠不會回來了。」

管家噓她：「別讓兩位米太太聽見。」

這管家真是一號人物，在米家工作，照春分的説法是「起碼一百年」，輩份比米太還要高，喜歡倚老賣老，説話不客氣，有什麼説什麼，家裏有她管着，才能舒服過日子。

米家的富庶，不在大屋大車，而是日常生活細節精緻，一日除出三餐，分上點心下點心，各式飲料時時準備，咖啡與熱可可機器放廚房，春分喝水都要打氣，大大小小各種用途的餐具，那是決不可混淆，米太太用私家象牙筷子，上面雕刻「百年好合」四字，不過米倉與春分老躲廚房用手握着吃漢堡。

祝亮亦把傭人聲線辨清楚，她從來不吩咐他們做任何事，連衣衫都自己動手洗，管家輕輕説一句「別讓他們尷尬」，祝亮才明白過來，她穿的是白襯衫卡其褲，打理簡單。

春分疙瘩，叫祝亮吃驚，她會痛心説：「真叫人失望，LL牌子襯衫居然用塑膠鈕扣，我一向只穿貝殼鈕扣衣物。」

米倉揶揄：「不然三小姐皮膚會痛。」

祝亮忍不住微笑。

這便是米家兄妹。

最叫祝亮欣賞的是米宅浴室各種大小的毛巾，乾淨、厚軟、舒適，叫她希望一輩子享用。

如果可以自由投胎，她選擇米家。

就這樣住下。

看着米丰會得注視人，吃到不喜歡的味道像青豆，會得吐出，並且皺眉作出痛苦樣子，惹全家沒良心地大笑，漸漸胖胖短短手臂分好幾截，叫人有不可抑止想捏他一把衝動。

除出到醫院做康復運動，祝亮每星期兩次，往心理醫生處診治。

她不相信聊天談話可以減輕任何壓力，但是她一早已習慣做一些不願意做的事，而且做得不錯，當然是弱女子遷就環境，而不是環境遷就她，即便是一條窄縫，她也想法子鑽進。

米家規矩是女子從不單獨出門，魁梧的司機把車停附近，還有女傭陪伴，他們都穿簡單制服。

看護一見她便說：「米太太，早，周醫生等你。」

這是第一次見醫生，只見她容顏姣好，態度斯文，衣着如喝下午茶的仕女。

「美麗，請坐，喝杯啤酒好嗎？」

她親自從小冰箱取出一瓶基尼斯與兩隻杯子，一人斟一半。

米倉也用這種夾層杯子，當中結着薄冰，維持飲料冰涼。

他們非常注重這種細節。

「聽說你不愛說話，不要勉強，說話是一種壓力，禍從口出，多講多錯。」

祝亮看到牆壁上掛着醫生各種證書，他們都有大學教育做保人撐腰。醫務室佈置得大方標致，燈光柔和，街外淡淡陽光映入竹簾，叫人鬆弛，祝亮聞到一股可親青草味，她吁出一口氣。

桌子上有書本與圖畫本，一隻筆筒裏插着無數顏色筆。

醫生說：「心理學從何而來？始祖是佛洛依德，另外一派，是容，他們是學者，研究深入，其實一則傳說更值得信任：有個農夫知道了一個秘密，又不能說出，極之痛苦，一日，忍不住，跑到樹林，對一棵大樹傾訴，心中舒服不少，誰知他離開之後，風吹過樹葉瑟瑟聲，把農夫所有秘密吐出。」

祝亮駭笑。

「心中有事，極其痛苦困擾，講出來，的確會得舒服些，而心理醫生，比森林中那棵樹，更能保守秘密，因為法律上我們不能透露病人秘密，不然，會失去工作執照。」

祝亮又學到新常識。

「米倉，是我老朋友了，」說到這個名字，她語調突變得細沉，「他來看我，一聲不響，脱去外套倒頭便睡，一小時後醒轉，又回公司工作，他是個怪人呵。」

周醫生可能不自覺，但是旁人一聽，便知道她鍾情米倉。

這下子，病人與醫生身份對調，醫生像是對祝亮細說心事。

「一個人心中有秘密，會日夜想着它，受它折磨，到何處都揹着它，像刑具枷鎖，斯人漸漸憔悴，抬不起頭。」

祝亮同情醫生。

「可要添些酒？」

祝亮搖頭。

「美麗，你的事，我略知一二，你不必拘束。」

祝亮緩緩摘下帽子。

醫生看清她的臉容。

美人的標準是面孔左右相稱，大眼、小鼻，腫嘴，似嬰兒，才叫可愛。這病人的左臉正符合條件，但是右臉已毀。尤其是右耳朵，不復存在。

周醫生有點難過，這樣說：「火傷最難治，不過，也難不倒今日科技，矯形醫生必然有技術修復。」

祝亮心想，她根本不在乎，最好沒有人認得她，而且，根本從來無人會承認認得她這樣貧賤女子。

周醫生似諳讀心術，微微笑，「不要放棄，不要頹喪，我這裏有一本圖書，全部都是『前』與『後』的照片，證明醫生巧奪天工，你可以翻閱。」

祝亮不出聲。

「當然，外表不難修整，內心陰影創傷可得靠你自家克服，我力量有限，不過可以略作開解。」

周醫生真可愛。

「喲，時間到了。」

從頭到尾，祝亮沒有說過一句話，也沒有表情，破例地，醫生說得比病人多，但是祝亮卻得到被了解的溫暖感覺，不枉此行。

「請定期覆診。」

送祝亮出房間，她輕聲問：「有人接你呢。」

話還沒說完，已經看見米倉站在面前。

週末，他懶剃鬚，漂亮弓形上唇有一抹青色，剛洗了頭，前額一綹頭髮總是垂下，他撥上去一會，它又不聽話。

周醫生發怔。

這時米倉在祝亮耳邊說：「過程還好嗎？」

那種溫柔細心體貼，叫周醫生動容，每個女子都希望有異性這樣由衷關懷，他焦急眼神，叫人感動。

祝亮點點頭。

米倉只向醫生頷首，便替祝亮披上外套，一起離去。

周醫生只覺心酸，低頭不語。

米倉對她最大關照是介紹病人。

在車上，米倉說：「周醫生是我老朋友，打壁球老是贏我，不打不相識，不知怎地，條件那麼好，卻一直沒有對象。」

祝亮看他一眼。

「我也是？我沒有條件，一切男人有的陋習我都已養成，沒人要老王老五。」

太謙遜了。

風大，米倉替祝亮把帽子拉緊緊，動作輕柔，似不知練習過多少次，一定自高中做起，什麼時候說什麼，做什麼，都如交替反應那麼自然。

自此，每次來回周醫生診所，他都管接送。

對於公司業務，他也徵詢家人意見。

「有時裝品牌願做代理，讓我們在T恤上印花。」

春分說：「好哇，印上『我願為樂與怒出賣靈魂』。」

米太太皺眉，「我沒有意見。」

祝亮一貫不出聲。

米丰說：「Koo，Koo。」

「大嫂喜歡簡約，她一定不喜印上圖案。」

真未料到米家人對她已經充份了解，不，她無所謂，衣物乾淨即行。

春分卻大力贊成，「我立刻找同學做設計，未成名藝術特廉，五塊錢一幅。」

米倉笑，「做來看過。」

日子逐漸溫馨。

周醫生說：「美麗你臉色比初來時鬆弛。」

「謝謝你關懷。」

唷，說話了。

周醫生驚喜，為免驚動病人，佯裝聽不到，人不啞，開口說話也很正常。

她輕描淡寫的說：「講講你自己。」

祝亮不禁「嘿」地一聲。

周醫生不以為然，「對自己不滿，不值一哂？別人可以對你哼哼嘿嘿，你自己卻不可妄自菲薄，在社會上，要別人尊敬你是極之困難的事，亦無此必要，你聽過莊敬自強沒有，很多人把心理醫生當郎中，難道我要同他們計較嗎。」

祝亮對周醫生肅然起敬。

醫生長得漂亮，一般認為面孔討人喜歡，頭腦必然有點鈍，況且，她一見米倉那種臉上放光的樣子不大高明。

祝亮小覷了標致的醫生。

「乏善足陳，我在兒童院長大，滿十八歲成年，到社會工作，與幾個女子合租房間，說好是兩人，其實，最多時候，有四名，房東太太不是不知，只是不出聲，算是好人。」

祝亮語氣平靜，沒有投訴，也不怒忿。

「如何認識米滿，可以講一下嗎？」

米滿，她不認識米滿。

「聽說你在酒吧工作，他是酒客。」

「你已經知道很多。」

「兩個人，若要見面，總會碰頭，有緣無份，定必分開。」

祝亮說：「我的姓名，也由兒童院所取，毫無因由，百家姓趙錢孫李那樣輪到什麼姓什麼。」

「梁美麗是一個動聽名字。」

祝亮陷入沉思。

那人也如此說。

他到她租住小房間看過，真可怕，最基本的尊重也沒有：兩張破舊骯髒床褥，一個角落堆滿需要清洗的衣物，整間房瀰漫着廉價脂粉氣味，可見，在房內過夜的女子都學會化妝，都十分倚賴妝粉。

「出來跟我一起住。」

她也沒有多加考慮，毫無選擇，路由人走出來。

可是，到了他的小單位，一進門，也只看到一張舊床褥，祝亮便訕笑，這像是從油鍋跳到火坑。

不過，是新的火坑，浴室可以浸浴。

那人介紹她到酒館賣啤酒。

打扮停當，那人得意洋洋，「長得好看，便是本錢。」

祝亮相貌與身段出眾，真的叫人眼前一亮。
那一季，酒吧流行扮演漫畫中超級英雄，別人都搶着扮貓女郎、神奇女俠，輪到祝亮，只剩一套女巫服。
她不介意，把黑色乳膠貼身衣像一層皮一般繃在身上。
高下立分。
她賣得的啤酒破紀錄。
打烊，剝下膠衫，通體皮膚敏感發紅。
他說：「不辛苦賺不到錢。」
她答：「酒客手癢東摸西摸。」
「你也沒蝕掉什麼。」
自尊呢。
「你怎麼不去工作。」
這是她第一次見他發怒，「我正與朋友籌辦生意，這個檔口同舟共濟，不行嗎。」

漸漸他全無收入，房東追租，她得問酒吧預支，老闆取笑：「那麼漂亮還要付房租，當然由闊客置業贈送給你。」

這時助理推門進來，「時間到了。」

祝亮抬起頭，發覺周醫生靠在舒適的安樂椅上盹着。

祝亮意外，她覺得在這間診所裏，醫生與病人的身份對調了。

周醫生醒轉，「啊，對不起。」

米倉已經來接，帶來美味糕點飲料，職員們十分高興。

周醫生說：「可惜我早已超重三十磅，哪敢吃。」

米倉笑，露出雪白尖銳犬齒。

周醫生不敢逼視。

這些，祝亮也看在眼內。

已經不好算暗戀了，米倉不知是真不懂還是假不懂。

祝亮像看到一齣喜劇，微微笑。

米倉尷尬，「美麗，你揶揄我。」

祝亮連忙搖手。

「看護說你有進展。」

一定已把她開口說話的事告知。

那邊，診所看護也在議論：「米先生那樣愛惜寡嫂。」

「他同情她，多可憐，經過可怖災劫，失去丈夫，抱着幼嬰逃出生天，震驚，恍惚，再不開口說話。」

「我看不止。」

「不會吧。」

「噓，別多嘴，周醫生聽到會不高興。」

周醫生還是聽到了，這上下，恐怕只有米倉與祝亮二人不知情。

一日，春分把他們兒時照片與錄影取出與祝亮一起觀看。

米家兄弟並排站，看似相像，又不大像，一個中年人，一看就知道是米父，米媽大抵是唯一穿九十年代時裝還能維持優雅的女子，他們輪流抱着小小春分，滿臉歡欣。

祝亮凝視高大英軒的米滿，他穿着大學機械工程系的紫色皮夾克，神采飛揚，有人說，上主先挑最好的取走。

管家走進，一言不發收集回憶紀錄。

凡是過去的，都是傷心事。

周醫生問：「週末做了什麼？」

「帶孩子到公園散步，與其他同齡幼兒作伴。」

「一定很高興。」

米丰看見其他小個子人兒，很覺興趣，熱情要拉人家手，人家怕陌生，退後哭泣，他塊頭明顯略壯，生活經驗卻不及人。

「上了學前班就會好。」

祝亮與醫生已有默契，不開口也談得來。

「最近睡得好嗎？」

她搖頭，每夜醒三次，每次都順便探望米丰，米家只當她放不下孩子。

「做夢否？」

夢見在橫巷，被一個人兜頭兜腦打，揪翻在地，扯着頭髮往牆上撞，然後用腳踢。

他嘴裏罵：「這些日子，少了你吃還是少了你穿，叫你做一點點事也不肯。」

祝亮臉色漸漸慘白。

周醫生看着她神情變化，輕聲問：「有一個人可是，他給你慘痛經驗。」

祝亮答：「年輕時不懂，以為對別人好，別人會得回報，誰知弱點被人利用，還反咬一口。」

「是的，這是一個可怕的世界。」

「你不會知道，周醫生。」

誰知周醫生嘿一聲笑，「我初入醫學院，有個男講師請我喝啤酒，談論心理學前途，忽然說到他的妻子與人挾帶私逃，逼得他十年來父兼母職，苦得那是不得了。」

喲，壞了。

「結果，一年後，忽然有一名相貌樸實中年女子出現，一上來就給我一記耳光，在課堂裏呢，大家都知道發生什麼事。」

祝亮睜大眼。

「大學裏一樣有壞人，壞人做壞事，下作，猥瑣，像黃鼠狼，世上最可惡動物，牠鑽入雞窩，只吃一隻雞，但卻咬傷所有雞，叫農民血本無歸。」

祝亮沒想到學識湛深，為人聰穎的周醫生也會信這種粗淺謊言，啊，君子可以欺其方。

後來那對滑稽夫婦呢。

「肯定白頭到老。」

祝亮忍不住笑。

「美麗，像你與米滿這樣光明相愛，才會遭劫。」

噫，醫生不是應該鼓勵病人嗎。

「美麗，讓你見笑了。」

那麼驚駭的事，誰還敢笑。

醫生說：「放眼看去，世上只有米春分姑娘才不知人間險惡。」

春分也有苦衷，好幾次祝亮看到她哭腫雙眼，也不說因由，祝亮同情，管家小聲說：「不要理她，不過是哪個小生不聽她電話。」

在家耽久了也悶，時時近天亮才滿身酒氣醉醺醺回家，司機一臉無奈被管家斥責。

那時頹喪的春分化妝模糊，頭髮也亂，極薄舞衣團得稀皺，怔怔的，看上去另有一番厭倦了歡樂的風姿。

米倉訓她：「女孩要顧名聲。」

祝亮自覺自由，她可不必顧那個。

她沒有名聲。

不多久，米太太僱工匠，在後園搭一座遊戲木堡壘，最高處有一樓那麼高，繩網，吊橋，旗幟，滑梯，吊環，裏邊有小小家具，人見人愛，這是給米丰的禮物。

只是，堡壘頂上沒有長髮受難的公主。

春分歡喜極了，鑽進鑽出，「老太太偏心，我小時就沒有這樣可愛玩具。」

她抱米丰玩捉迷藏躲壁櫃，米倉一早知道他們在什麼地方，佯裝找得滿頭大汗……

忽然聽見管家高聲說：「米丰母子，好出來了，殷律師找。」

殷律師面色慎重，手上拿着中英文報紙。

那是小小尋人廣告：「尋找二一五號列車生還者梁美麗女士，我倆梁美君與梁美仁是她親妹與堂姐，有證明文件，希望與美麗一起往掃親人墓，知她下落者請與——聯絡。」

「文字拙劣。」

「不，」殷律師答：「寫得很好，完全傳達了意思，並且動以親情，這些人，都有一手。」

祝亮看了，神色自然，事不關己，己不勞心。

不認識那兩個女子，她也不是梁美麗。

殷律師說：「其實，這兩個女子完全知道美麗身在和平谷，否則，不會在本市報章刊登廣告，她們並且知道，她是富戶米氏的媳婦。」

米太太問：「怎樣做？」

「不予理睬行嗎？」

「他們不達目的恐怕不會罷休。」

「有何目的？」

殷律師忍不住笑，這春分也太過天真。

米太太問：「美麗，你有那樣的女眷嗎，如果屬實，照顧一下也應該。」

祝亮搖頭，她哪裏有任何親戚，這些年來，沒有人給過一杯水一件衫。

殷律師說：「我相信美麗。」

「殷師，你去擺平這件事吧。」

「必要時美麗可否現身作證。」

祝亮頷首。

殷律師回去與那兩姐妹聯絡。

她實事求是，開門見山，「你倆為何尋人？」

「我們沒有企圖，沒有目的，只想與親人相認。」

兩人取出照片與他們二人的出生證明文件。

殷律師並沒見過梁美麗受傷之前的照片，相中人的確是一年輕漂亮女子，擁有明媚氣息，在陋室背境裏發散魅力。

殷律師說：「米宅的確有個梁美麗，但並非同一人，相信只是同名同姓。」

殷律師出示祝亮在醫院拍攝照片。

「啊。」

那兩姐妹震驚。

她倆穿廉價耀眼時裝，年紀頗輕，心計卻重，背後說不定還有主謀，做了那麼多，真相是為着一點好處。

「兩位梁小姐，已經證實和平谷的梁美麗不是你們要找的人，請到別處刊登尋人廣告。」

「可否——」她們咕噥。

「當然可以，」殷師叫助手，「請小米太太進來一下。」

助手出去，不消一會與祝亮同時進來。

兩姐妹可看清楚了。

她並不是美麗。

傷勢已好許多，但不是美麗，她們三姐妹自小相識，美麗要豐滿一點，手腳沒那麼長，神情也不會如此孤清。

她們的疑竇一掃而空，一臉尷尬。

「我們只好繼續到別處找梁美麗。」

「明白就好，你們刊登廣告，多多少少影響到米太太生活。」

「對不起。」

「你們原居何處。」

「日照市。」

「距離和平谷相當遠，相信車資也不便宜，你倆聽誰說和平市有梁美麗。」

「火車失事新聞全國都有報道。」

助手示意送客。

那兩個女子頹然離去。

臨走，還使勁看了祝亮一眼，但，那的確不是美麗。

這個美麗雖然半邊面孔燒傷未癒，但舉止嫻靜，神情鎮定，衣着低調名貴，不是她們要找的美麗。

殷律師說：「找上門呢。」

祝亮不出聲。

「我真佩服那些一心想把別人拉下馬的人，她們所花的金錢、時間、心思、精力，也有規模，這樣用心，為何不向正途發展他們本身地位與能力，做好份內之事，說得難聽點，用那時間賺取最低工資，也是一筆數目，為何用來欺侮別人，唉，時間寶貴啊。」

殷律師，還有周醫生，都有智慧。

米太太放心，「認錯人了。」

米倉問：「美麗，你可有需要與親人接頭。」

祝亮搖頭。

米太太覺得幸運，她見過有大群親戚的媳婦或女婿，有事沒事上門蹭飯聊天，是非多多，又不好得罪，還有倚老賣老親家，眼紅，這個要，那個又要，巴不得提着皮篋拿，甚至問親家借貸買房或子女留學費用……

米家雖然不知梁美麗底細，但是她沒有給米家帶來麻煩。

防人之心不可無，米太太這一把年紀，當然明白。

她問殷律師：「是假冒的親人。」

「倒也不假，她們的確在找一個叫梁美麗的女子。」

「為何失散？」

「當然因為以前不再值得接交。」

「為何又來尋人？」

「聽說有梁美麗嫁入米家，生活不錯。」

「就那麼簡單。」

「就是為着些許油水。」

「她們要求什麼？」

「不知道，不打算給，沒問。」

「殷律師你真爽快。」

「沒時間呀，你以為只有米家才有類此麻煩？我別的客戶王家陳家錢家李家更煩，所以這些年生意還過得去。」

「從前好像少這種事。」

「如今世道艱難，沒臉沒皮已不算一回事，他行為骯髒？她比他更髒，情況慘烈悲壯。米太太，你憑什麼晚年生活優悠，不過是因為米先生保障了你及子女的生活，你要小心。」

米太太像是被殷律師說中了什麼，乾笑幾聲。

殷律師說：「以後要救濟別人，先問我意見。」

米太太徐徐答：「我還敢做什麼。」

這些話祝亮都聽在耳內。

大概，米家也有人上門來要這要那。

這一天，祝亮出門見周醫生。

管家與春分說：「三小姐，勞駕你陪大嫂，你二哥今日不得閒。」

祝亮想推辭，已被春分挾着手臂出門。

周醫生見到春分微笑，「三小姐，你好。」

春分活潑地說：「今日我想借些時間說話。」

祝亮先微笑。

「小妹虛度廿六年光陰。」

周醫生嚇一跳，「你老大了。」

「——芳心寂寞，請問，如何結識異性朋友。」

「三小姐，笑話，你已可以著書立論。」

「我已讀過坊間一千零一本如何約會／戀愛／開花結果書籍，一點心得也無。」

周醫生說：「問道於盲，我迄今獨身。」

「總有些經驗可以指路吧。」

「大抵是講緣份，碰到之際你會知道。」

「占卜師也這麼說。」

「三小姐，你認識的人可不算少。」

「沒有一個像大哥，或是二哥。」

周醫生沉默。

「我真想結婚，那等於在家約會，比較省事。」

周醫生微笑，「我以為你喜歡打扮成花蝴蝶般炫耀美貌。」

誰知春分說：「我美貌？我不過是年輕。」

喲，她一懂事，頓時淒涼。

「還有幾年好捱。」

「你們從來不給我聽好話。」

「時間到了，春分，下次別浪費我們的時間。」

「我才說三句話。」

「無病呻吟。」

「心理醫生從不看真正病人。」

周醫生已經站立送客。

春分笑着頓足。

她卻提升了祝亮的精神狀態。

春分挽着祝亮手臂離開診所。

「一次失戀，我也看過周醫生，她給我一大疊剪報，都是年輕女子失意輕生新聞，圖文並茂，慘不忍睹，最悲哀是第二天又刊登另一段，沒人記得，周醫生真有一套，我漸漸也明白過來。」

那是怎麼樣的男子。

「一個美國人，普通話說得流利，他不肯帶我去美國，說那對他不公平。」

米春分要去美國，那還不容易。

「我偏要他帶我。」

刁鑽、寵壞、不講理、放肆，一味「給我給我給我」，要性子門路與功夫堪稱甲級，因為樣子可愛，面容如蜜桃，居然撐了這些年。

「結果把該人扔到腦後，姓名倒還記得，樣子模糊，諳華語的年輕洋男越來越多……」連講下去的興趣也沒有了。

「此刻想想，即使與他去到美國某州某市，也不會長久，他回去打基礎，住什麼地方也難說，誰會負擔誰的生活？」原來春分也明白。

「只有能幹的米家男人，才會挑起撫養婦孺的責任。」

以後再也沒見面？

「以後，再也沒見過面。」

在路上碰見也認不出？

「在路上碰見也認不出。」

可是當時，流了那麼多眼淚。

春分歎口氣，「我浪費了那些年，我糟蹋了那麼多眼淚，管家說得對，一次，我輕歎一聲，她訓斥我：『三小姐，你還要歎氣？當心折福。』」

祝亮點頭。

現在，有人陪她說話了。

「我帶你去一個地方。」

祝亮躊躇，何處？

「二哥在會議中心做展銷，我們去看他的台上功夫。」

祝亮不捨得不去。

那是一個中型展銷會，花枝招展的成衣推介，每間廠家有一攤位，米氏在小展覽廳內作簡單介紹，不知怎地，小房間內擠滿人，管理員進入場內數人頭，怕違反消防條例。人群情緒高漲。

春分與祝亮站在後角，春分輕輕說：「這叫 work the stage，看好了。」

輕音樂響起，燈光轉亮，這時，米倉小跑步出台口。

他穿一套極窄身深色西服，更顯得胳臂是胳臂，腰是腰，才一鞠躬，台下觀眾已經鼓掌。

這是幹什麼，米倉本人也忍不住笑。

祝亮也納罕，這時發覺，觀眾百分之七十以上是時髦女性。

啊何嘗是看成衣產品，都來看這個男人。

米倉鬆卻領帶，轉身指示模特兒示範新產品優點，接着，脫去外套，露出修長腿部，這是含蓄出賣色相，祝亮不敢苟同，但又忍不住微笑。

春分在她耳邊說：「怎樣？」

祝亮不住點頭。

米倉說完，忽然動手解開襯衫鈕扣脫衣，女觀眾目定口呆。

「啊——」

祝亮也睜大雙眼。

誰知米倉襯衫內還穿着一件貼身棉布衫，正是米氏出品，胸前紅色大字：「請捐助微笑行動」。

祝亮與觀眾都放下心，又覺失望，掌聲如雷。

祝亮聽到身邊一名女子說：「真不知世上怎麼有如此英俊能幹男子。」

她的同伴答：「不知哪個女子幸運得每朝醒來可以看到那樣的面孔。」

祝亮想，那樣好看的男子也有口氣，也有脾氣。

祝亮示意春分悄悄離去。

才到門口，米倉已經追上，他手裏挽着襯衫與西裝，笑嘻嘻。

「你們也來了，叫你倆見笑。」

是好看。

「一起走吧。」

春分說：「你還有事要辦。」

助手追上喊：「米先生，請留步，記者想說幾句。」

他無奈站住。

春分拉着祝亮走開。

米倉想穿回襯衫。

記者說：「米先生，這樣就好。」

春分說：「這種場面，大哥有過，笑說：『真是血汗錢』，可是，他也沒有省着花。」

你呢，春分。

「我是家中唯一女孩，我不同。」

沒有什麼不一樣，一般血肉之軀，扔到街上十天八天，照樣滿身發臭手足污穢長出蝨子，到食肆後門垃圾桶找食物。

這些話，當然不能說出口。

再到周醫生處，她說：「什麼時候走最適當。」

案。

周醫生一怔，有點誤會，「一百歲左右，壽終正寢。」連忙贈送標準答

「我是指，走出米家。」

周醫生並沒有鬆口氣，反而更加緊張，「走出米宅，你無法生存。」

祝亮難堪。

「我知這不是你要聽的話，忠言逆耳，我年輕時曾有一女友，丈夫不忠，她要離婚，我也如此鄭重勸告，她不服氣從此疏遠，結果房子越搬越小，生活費用仍由夫家支付，叫人看不起。始終沒有再遇到對象。」

「不找工作？」

「缺乏學歷，又不稀罕勞力工作。」

「沒有再遇？」

「再婚機會頗多，但那女子必須要比一般人能幹富裕，起碼撐起半邊天，不能成為男人負累，男子願意揹負的，通常是妖嬈年輕小明星。」

都被周醫生說中。

「我只想自立。」

「美麗，你又不是不知道外邊是什麼樣世界。」

「太清楚了。」

「不能再蹈險境。」

「難道一個人，不能自主。」

「美麗，知識是力量，你得重頭學起。」

「周醫生，你說得對，我前幾天才得知什麼叫微笑行動，白活了這些歲數，連這麼偉大的慈善機構都不知道，回家查閱了才明白過來。」

「微笑行動，那是米倉最喜愛的慈善機構，因為米春分生下時有兔唇。」

啊，一點看不出。

「做了三次手術才完全恢復，沒有人十全十美。」

「那麼，我幾時可以走。」

「你很倔強，這是優點，我並不知你底細，但這實在不是離開米家的時候。」

「幾時。」

「我是你的心理醫生，到適當時候，我會知會你。」

「剛才說的女友，結果如何。」

「她患癌症，鬱鬱而終。」

「你恫嚇我。」

「百分百事實，至今想念她，在時裝店看到再度流行的白色細麻大襯衫，便會悲從中來，因為那是她最喜歡的衣式。」

「你堅持她不應離婚。」

「我堅持女性必須能夠養活自身，才作他想，這難道過份？」

一如常例，周醫生說得比祝亮多。

「那麼，周醫生，你聰明能幹，你可快樂。」

周醫生站立，「今日已經超時。」

「你未回答。」

「以我目前情況，再自歎不快樂，雷公是會劈死我。」

祝亮失笑。

「今日天氣好，帶孩子出外走走。」

回到家，看到米倉後面揹着春分，前面抱着米丰，在樓梯跑上跑下，險象環生，他們三人嘻哈大笑，米太太在一旁看得不知多歡喜，保母頓足，「快下來，都下來。」

米太太輕輕說：「幸虧之前沒有把子女都趕出，不然，這張老臉還有什麼意思。」

這時，汗涔涔的米丰走近，踮高腳，把嘴趨近坐着的阿嫲，卜一聲吻，又悄悄走開，叫米太太淚盈於睫。

再往周醫生診所，祝亮輕輕說：「這是我最後一次見你。」

周醫生一怔，「是我什麼地方令你不滿？」

「不不，我有理由，是你對我太好，也許意見不夠中肯。」

周醫生很平靜，她隨便問一下，病人隨意找個理由回答，病人想轉醫生，聽聽別的觀點，也很平常。

「那麼，再見了。」

「謝謝你，周醫生。」

她倆的確是混得太熟。

「記住，不要心急，慢慢你會恢復舊觀。」

「可以嗎？」

「當然可以。」

米倉照樣來接，得知消息，有點詫異。

周醫生說：「她開始有主張，這是進步。」

「為什麼捨你而去。」

「我說得太多。」

「我會另外替她找醫生。」

「一星期一次足夠，免得她煩膩。」

米倉很快又約到別的醫生，這次，是一個更年輕的女子，很有點架子，不出聲，喜歡聽如泣如訴的西班牙吉他，「可要熄掉」，「不，悦耳」，往往二人不說一句話。

祝亮換了好幾個心理醫生，這時，她的軀體漸漸康復。

那一天，剛巧有事。

春分與祝亮遊美術館，春分意見頗多，「都不見傑作，我指缺乏那種吸住觀者精魂的佳作，許久沒有出現天才。」

祝亮不懂，故不作聲。

到小食亭排隊買咖啡，春分站前面，忽然有胖女子打橫插隊。

春分發言：「這位女士，上哪個山頭唱哪裏的歌，入鄉隨俗，本市有排隊的規矩。」

誰知那胖女子忽然炸起來，雙手插腰，斥罵春分，「你不過先學會幾句英語，什麼阿物兒！」

凶神惡煞，逼近一步，兩條紋上去的青色眉毛倒豎，變成〃模樣，眼如銅鈴，有點可怕。

祝亮這時忽然張開雙臂擋住春分，保護她，自喉嚨裏爆喝出來一聲嘶叫。

胖婦一看，站在她對面的人比她還要可怕，個子不小不是問題，她面孔扭曲，兩眼一高一低，帽子下少了一隻耳朵，啊，畸怪，胖婦退後一步。

春分取出警笛狂吹。

那女子連忙走開。

護衛員聞聲趕至，其他排隊人客七嘴八舌幫米春分說話。

「大事化小，小事化無嘛。」

「已經忍無可忍，欺人太甚……」

春分拉開祝亮，「你怎麼了。」

祝亮連忙整理帽子，放鬆臉上肌肉，低下頭。

「你怎麼像變了一個人，可怕，真看不出你可以這麼兇，你怕她打我？她不敢。」

祝亮一直不出聲。

春分握住她手，「美麗，謝謝你，你不顧一切捨身救我。」

回到家，春分忙不迭把事情經過告訴二哥：「剎時間美麗的面孔漲紅扭曲，聲音粗壯，像是變了一個人，對，變得像夜叉，張牙舞爪，像一隻與黃鼠狼搏鬥的老鷹，隨時準備撲將過去，那胖女人身形比她大兩倍，她一點不怕，啊，驚人，可是，那惡女人退卻，再回頭看美麗，又變成一貫沉默柔弱的她，奇景呵，二哥。」

米倉微笑。

「你不相信？美麗當時像是誓死要保護我。」

「你會不會誇張了一點。」

「嘿！」

「不過，美麗確實愛護你。」

「叫我感動得落淚。」

「美麗保護米家大小，不遺餘力。」

米太太知道了，也感動不已。

「真不知道美麗可以變得那樣猙獰，我並不比她弱小，可見她情急起來，奮不顧身。」

「以後你就別惹事了。」

米倉找祝亮，看到她與米丰蹲在園子草地看螞蟻搬家，母子全神貫注，指指點點，也難怪米倉不相信春分形容的猙獰。

沒有人比殷律師更詫異，照說，擁有若干江湖經驗的人，像梁美麗，殷師肯定她並非富貴出身，應該一早學會「事不關己，己不勞心」，怎麼會因小事為替春分出頭。

這女子是有她可愛之處。

「那天是怎麼了。」

「太不好意思，我不想說。」

「人要懂得照顧自己。」

「我覺得在米家白吃飯——」

「你是米家媳婦，帶米丰死裏逃生，照說，可以理直氣壯白吃八輩子。」

祝亮把頭垂到胸前。

沒一會，聽到保母高聲：「米先生，寶寶可是與你一起在浴室」，大家留神。

「大米先生與小米先生兩位請快出來。」

女眷都站浴室門外。

他們叔侄很快打開門，兩人都裹着白毛巾，笑嘻嘻。

保母連忙抱起米丰，「男人不會帶孩子，請勿一起沐浴，睡覺，不安全。」她走開。

米倉有點不好意思，搔頭，「這，好玩嘛。」

春分趨近，「你自家生半打，天天一起打滾玩耍，那才叫做熱鬧。」

春分哈哈笑伸手去拉扯米倉身上毛巾。

祝亮連忙躲開。

管家説：「小米太太真懂規矩，社會大學高材生與眾不同。」

「美麗好像在酒館認識米滿。」

「肯定不是大學遇見。」

「奇怪，真是處處有芳草。」

另一邊米丰忽然吵起來，米太太聽見孫兒説：「不，不」，連忙趕過去視察。

米倉走近，「真不健康，把幼兒當太陽，圍着團團轉。」

正常家庭都是如此。

見祝亮桌前大疊成人專科學習資料，不禁問：「你研究這些課程已有一些時候，決定報讀何科。」

祝亮表示很難決定。

「商科往往最早滿額，你想進修，實是好事，這年頭，已少有天才中學生，知識越豐富越好，都是防身武器。」

最上面一張資料是「維修家居電器水管十二星期課程，證書提供專業證明，薪酬豐富。」

米倉說：「我最希望讀這個課程，凡事不求人，衞生間淤塞不必喊救命。」

祝亮被他惹笑。

「各種美工技巧：剪紙、立體製作、刀刻、石膏、陶瓷……不過，還是商管最實用，你說是不是。」

祝亮點頭。

「我叫助手幫你報名，這是本省省立大學協助課程，證書全國通用，有了它，可與最低工資說再見。」

祝亮又點頭。

助手問米倉：「小米太太還要讀證書？」

「這與薪酬無關。」

「她好學。」

「我也時覺知識不夠用，至佩服一些人說：『大學課程幫不到我』，正式教育課程一定可增氣質，有機會學習不可錯過。」

助手過一會報告：「商管還有兩個空缺，盛惠三個月學費五萬元，我已往會計部支取。」

米倉知道底子差的學生要加倍奮力追上。

「米太太的履歷呢。」

「就說在火車意外中全部失去。」

「他們會叫米太太致函校方補上。」

「說米氏企業保薦。」

「可要捐助一點。」

「當然，讀紡織學生可到米氏有薪實習。」

助手笑着去了。

祝亮上學。

她知道不易，但猜不到這樣艱難，每次學到新事物，心頭狂喜。

春分說：「怎樣把美麗永遠留下才好。」

米太太說：「她是長媳，當然留在米家照顧長孫。」

「那為什麼，我總有個兆頭——」

「別瞎說。」

講都不准講。

春分不理，「她努力學習，不但在米氏做學徒，也報讀課程，彷彿為新生活部署，這還不算準備離開米家。」

「也許，她嘗試獨立。」

春分說：「會不會是尋找選擇。」

「啊，選擇，所有的選擇都是錯誤。」

春分從未見過母親如此悲觀頹喪。

「人生路走到三岔口，往東還是往西？誰可以給誰忠告，終於還是後悔走錯。」

「媽媽，你是說，你也走錯路？你後悔嫁給父親？」

「我後悔生你。」米太太不願多講。

「嘎，太氣人了。」

「你看美麗多懂事。」

「美麗每走一步都想一想，況且，到米家並非她選擇，因一次意外，為着孩子，為着治傷，她不得不留下。」

「希望她融入米家。」

「融入，即失去自我，我做不到。」

管家出現，「三小姐，誰敢叫你做什麼，有一群輕佻年輕人在門外等你，快出去打發他們。」

米太太說：「今晚不准晚歸。」

春分連忙出門。

米太太說：「管家，你跟着她。」

防賊一樣。

因為街外賊多，牌友蔣太太有三個女兒，緊張得睡不着，最怕千金說：「媽我有話講」，若要新跑車往歐洲遊學倒還好，最怕是「我要結婚」，她們連工作都沒有。

為什麼梁美麗的母親不必擔心這些，梁美麗的家人在何處。

星期六下午，殷律師照例來吃茶。

「美麗呢。」

「在學校補課，她有點落後，教師十分鼓勵，着她將勤補拙。」

「不是讀美術與設計吧，那些科目，只好當怡情養性，提高氣質。怎樣找生活呢，若無家產支撐，到了中年，一個個倒下，試想想有幾個名成利就的作家畫家，如今衣食住行又是什麼價錢。」

「聽我們兩個女長者說話，幹藝術的一片灰暗。」

「吃糖蓮藕吧。」

「那人與你，沒有藕斷絲連吧。」

「你說什麼，口無禁忌，倚老賣老，真正討厭。」

「沒事最好，打牌去吧。」

助手接殷律師回辦公室。

她問上司：「你擔心米太太。」

「我更擔心區太太，或者這樣說：所有寡婦。她們被動、孤苦，置身無邊無涯寂寞中，丈夫永遠不再回來，子女有他們生活，無暇天天陪伴……最易被人乘虛而入，區太太長子同我說，母親私人賬戶，千萬款項已被掏空。」

「只要花得值得，錢財身外物。」

「沒有那樣簡單，對方需索無窮。」

「區太太什麼年紀？」

「六十六。」

「我的天，仍夢想得到男歡女愛。」

「還活着呢，別笑別人，你也很快到那個年紀。」

「我會茹素念佛。」

「好，走着瞧。」

「人怎麼可以沒有自尊，過了四十，理應不惑，修心養性。」

殷師不出聲，年輕助手以為四十永不來臨。

她年輕時曾對上司說：「是，這次是我錯，但我年輕，錯得起」，輕狂到那種地步。

後來，不知吃多少虧，才學的乖。

不過，米春分不怕，不但年輕，且有娘家支撐，做錯，回家休養一會，重頭來過。

米太太問祝亮：「米倉有教你功課嗎。」

「他說，自己查的資料，才記得牢。」

「他再說這種話，你告訴我，我斥責他。」

真的母慈子孝，是個幸福家庭，祝亮樂得享受溫馨。

班上不乏有上進心的年輕男女，中學出來一段日子過後，發覺學識不夠用，聘人廣告上要求的（一）（二）（三），全部做不到，故此到學校自我增值。

管家年前也讀過類此課程，結果，連防盜系統種類及詳盡解拆都學會，也知道員工福利法，非常適用。

功課忙，做報告，一組同學通宵趕功課，題目：年前美國T店進軍本國，一時開連鎖店四十餘間，一年間大敗蝕本鎩羽而退，全部結業，試解釋其原因。

同學們輪更在課室休息，帶了有汗味睡袋，鑽進眠一眠，祝亮也捱通宵。

雖然已經知會米太太，但她不放心，帶來米丰與管家探訪，一進門便找張書桌把帶來食物排妥打開，頓時香氣撲鼻，連睡地的同學都惺忪爬起，吃了再說，「謝謝，謝謝。」

祝亮真不好意思，「太太，你怎麼來了。」

管家盛一碗雞湯給她。

米丰抱住叫媽媽。

「一直問媽媽去了何處。」

「媽媽上學做功課呢。」

同學吃了五花肉烤墨魚飯以及雜錦四蔬後精神回轉，管家又斟上西洋參茶，同學們感激眼紅，「最好每星期一次」，管家説：「行，每客五元」。

不一會，怕妨礙他們功課，收好碗筷告辭。

大家對祝亮刮目相看，真是有酒肉有朋友，對她容貌已視而不見。

隔天，米倉帶來的是西菜燒牛肉與龍蝦湯配蒜蓉麵包，放下就走。

「那又是你什麼人，為什麼我沒有這樣救兵。」

連隔壁課室都聞風而來蹭食。

忙得黑眼圈，身上有氣味，完成功課，分數是99%，同學做勝利舞蹈，「瘋了瘋了」，再辛苦都值得。

這三個月對祝亮來説堪稱啟蒙，忽然像千度近視得到一副眼鏡，又似黑暗中找到一枚電筒，舉一反三，她知道如何尋找常識與知識，打開網頁，她讀到世上十大企業如何成功營業，發覺最新科研技術大半由好奇青年在家中車庫研究成形。

漸漸，她把不愉快事推到一邊，計劃報讀中級管理課程。

管家為她添一張書桌，文具設備齊全，她伏在桌前，落淚感動。

祝亮的新生。

若果這樣簡單，也不叫人生。

總有狼與狽不停偷窺，力氣不夠，便聯群結黨，像學生做報告一般，群策群力，老謀深算，要吞噬弱者。

管家咕噥：「近日許多無頭電話，接了，無人說話。」

米倉說：「轉接到公司，秘書小姐懂得應付。」

「也只好如此。」

「可有陌生人上門。」

「這倒沒有。」

「可有可疑人等遊蕩徘徊。」

「也沒有。」

「叫司機與女傭小心。」

「是呀，下邊一條街吳醫生夫婦遭打劫綁架，吳太太嚇得住院療養。」

生活已算平靜。

與米家人特別是春分，關係最好。

頭髮留長可以梳好結成馬尾，春分替她置了許多漂亮髮飾，祝亮只用小小不顯眼髮夾，就是因為毫不打扮，才顯得更加嫻靜。

匿藏在米家，是她一生最平和的日子。

女童院出來，她在一爿健身公司找到派發傳單的工作，一天站街頭七八小時，穿緊身短衣裙，握住宣傳資料，因長得好看，厚厚一疊單子一下子發完，有時間幫同事減輕負擔。

有個男同事，不像青年了，仍穿着最時髦服飾，開一輛名牌舊車，兜搭女同事，一眼看中祝亮，得知她出身，好不詫異，「真不像」，他說，知道孤苦女孩有機可乘。

他很關心她，一次，有不良路人用長尺撩她短裙，他知道後，帶她買打底黑色緊身短褲，知道她喜吃紅豆粥，教她加進全脂奶，特別香甜，陪她看文藝片，他自己打盹。

把人間種種險惡知會她：「最可怕是我」，誰會猜到是真事。

他告訴祝亮，他有一個阿姨，去世前給他一筆可觀遺產，但是，三五年間，已花個精光，毫不諱言，他有若干不良嗜好，酗酒是其中一項，太陽一落山，他的雙手會發顫，非得灌酒不可。

這時，祝亮發覺認錯了人，但已經懷孕。

那人得知後跳腳，兜頭兜面摑打祝亮，她眼球血管爆裂，眼白血紅，眼窩青紫。

她到警署，正躊躇如何開口，一名年輕警察走近，「報案？我替你做記錄」，他轉身取本子，祝亮抬頭，看到玻璃上清清楚楚反映出警察的訕笑嘻嘻：又一頭愚蠢母牛。

祝亮明白了，她轉身悄悄離去。

他帶她到一所骯髒醫務所做手術，取過她手袋，翻出一千元，數出去。

流許多血，但胎兒並沒拿下，自那時開始，祝亮不再説話。

接着幾個月，他們由三百平方呎搬到兩百，再搬到一百，最後，叫祝亮收拾一下，他找到一所小型放置雜物的倉庫，只一張單人床大小，把她一推，「睡這裏。」

關上門，漆黑如祝亮處境。

熱鬧都會中像她那樣的年輕女子，一定不少吧。

她讀過報上新聞，其中一個自十樓躍下，粉身碎骨，警方知會同居男友，那男子輕描淡寫説：「是嗎，死了嗎。」

那人潦倒不堪，盜取小量公款，被抓住，即時開除逐走，為免影響公司業務，沒有報警。

他把她帶到小酒店房間，她看見有人在一張大白紙前打燈光，他説：「梳好頭髮，洗把臉，脱衣裳，拍照。」

祝亮不肯，被雙眼發紅的他抓住，打得鼻孔流血，破口大罵：「你這爛蘋果，白供你吃飯穿衣，倒十八代晦氣。」

那工作人員說：「先生，你出去走一圈，我來勸她幾句。」

他氣憤走出小房間。

工作人員走近祝亮，「你幾歲，可需要報警。」

祝亮沒想到他會同情她。

「你如果不願意，還是逃命的好，明白嗎，什麼都不要，丟下保命。」

講完，他收拾道具，離開是非之地。

那人回來，見散了局，暴跳如雷，這次，用腳踢祝亮。

晚上，他扔一盒飯給她，她像一隻流浪狗似吃完。

祝亮忽然鎮定。

她幾歲？她才廿二歲多一點，要過多久這樣恐怖日子，才捱得到三十？

他在小倉庫裏開亮電燈，取出工具，開始注射，然後，喝完一罐啤酒又一罐。

地上有零錢，祝亮撿起，收進口袋。

這時，她的頭髮已經一把把落下，皮膚處處潰瘍，有兩隻牙齒鬆動。

她不能死在這個小倉庫裏，一定要設法逃命，求生是動物本能。

胎兒逐漸長大，她快要臨盆。

終於，他提出更殘忍要求，切切實實告訴祝亮，你身在地獄。

她逃了出來。

捱到醫院急症室。

第二天甦醒過來，就直奔火車站。

看護發覺之際，火車已駛往和平橋。

臨床的產婦喃喃：「孩子都不要了。」

看護黯然，「胎兒沒救活。」

祝亮不知道，她還以為嬰兒已被領養。

祝亮更不知道的是，她也沒被救活，那個不幸的年輕女子，其實已經死亡。

此刻活着，企圖康復的祝亮，已是另外一個人。

她在窗前一站好些時候，對過去，不覺痛也不覺癢，也未知遇到米家是幸還是不幸。

傷口痛癢不可當，影響兩臂伸不直。

春分耐心替她上藥，她一雙綿掌緩緩撫摸，肌膚對肌膚，最舒服不過，然後，替大嫂穿上抗疤緊身衣。

一日，春分說：「美麗，我將往倫敦小住。」

是有男伴嗎。

「男伴，一直有，但這年頭，別奢望有誰會照顧女方生活，多數各歸各，不過，我還得照應他們情緒，麻煩透頂，若非貪圖他們美色，才不想多事。」

祝亮驚訝訕笑。

「家母說，最壞的男人不是丟棄女子的男人，而是纏住不放的男子，那，也不過是為錢財，不是為癡情。」

祝亮沒想到老太太會說出這種話。

「來，我們吃冰糖燕窩。」

名貴甜品用精緻金邊白瓷小碗盛着，喝一口，十分滋味，春分睞睞眼，「怎樣，吃不出吧」，祝亮從未嘗過燕窩，無從比較。

春分低聲說：「我與生物科一群環保仔同學致力研究人造燕窩與魚翅，用豆粉研製，放入3D打印模型中壓製成功，口感、滋味，比真的還像真的，哈哈哈，家母吃了整年，也分不出真假，多精彩。」

祝亮被春分的淘氣惹笑。

忽然她緊緊抱住春分，沙啞聲音開口，「你是快樂天使。」

春分聽到這幾個字，一怔，開口了，梁美麗終於說話，她感動，但不欲

驚動美麗，只裝作不知，兩人擁抱好一會。

正好管家進廚房問：「燕窩準備好沒有，太太吃了好午睡。」

春分又笑得落淚。

米倉張望，「我可是聽見笑聲。」

保母抱着小牛進來，那小兒忽然伸出雙臂，「嫲——嫲。」

大家震動，「叫人了，會叫嫲嫲了，再叫一次。」

小牛無論做什麼，都當作奇蹟論。

初春，空氣膩嗒嗒，春分往倫敦。

「春分，留下陪母親過年。」

「我去去就回，可否帶大嫂一起散散心，咱倆清晨到大英博物館門口靜站示威，拉橫額：『請速歸還我國文物』。」

「凍壞你。」

「怎可拉大嫂同行，她要照顧幼兒。」

「把阿牛與保母也帶着。」

「鬧夠沒有，速去速回，還有，這家不是難民營，不准帶回無業髒漢。」

祝亮靜靜聽着。

米倉心一動，「美麗，你想去倫敦否。」

米太太氣結，「那乾脆一家人一起。」

「也應該去走開一下。」

春分說：「你們都去，我留家裏。」

「放心，不會阻止你見男友。」

算一算，連保母管家共七人，浩浩蕩蕩坐包機出發。

這一切，對祝亮說，都是新鮮，她不覺累，航程親自照顧小兒，老太太上了年紀，躺臥室戴耳塞休息。

祝亮與米丰同樣頭次搭長途飛機，相當興奮。

米倉在飛機上也吃三分生牛排，血淋淋，津津有味，把肥肉邊切下賞春分，她不怕胖，如此斯文漂亮兄妹吃得像野人。

然後，米倉批閱文件，與地面公司同事聯絡，飛過國際換日線時，他的鬍髭已經長出，青色下巴更顯得他英軒，春分坐近，用手搓他面孔，「我哥多麼英俊」，她說。

「你們睡長沙發，我還要寫文件。」

幼兒在小床睡熟，因為胖，泡泡臉肉墜在一邊，煞是可愛。

稍後祝亮醒轉，發覺米倉坐沙發上睡，把較舒服床鋪讓給婦孺。

世上是還有愛惜弱小的男子。

祝亮坐起，呆呆看着艙窗外景色。

服務員斟熱茶給她。

米倉說：「給我大杯咖啡。」

他坐到祝亮身邊，「奇怪我家為何老往倫敦跑吧，我們全是英籍，在倫敦讀書，你別看春分，她還是倫大英國文學生呢。」

他們真幸運，一切都唾手可得。

「回到經濟學院，我會帶小牛預先報名，哈哈哈。」

這時，祝亮又嗅到米倉身上汗息。

他說：「快到了，我先淋浴。」

再出來，他已剃淨鬍髭。

輪到幼兒梳洗，這嬰兒的洗前與洗後，是兩個人兩回事。

然後就到春分，「我往母親房，大嫂你先。」禮讓。

她只洗一把臉，梳整齊頭髮，自從歪臉，她已不大照鏡子。

一行人乘車駛往旅館，安頓妥當，春分把祝亮拉出去看她私人公寓。

一個年輕英俊男子握着紅色玫瑰花在門前等她。

兩人緊緊擁抱接吻。

祝亮心裏說：同電影情節一模一樣，標致青年男女動人場景，浪漫天氣，還有，無人要愁衣食。

公寓是上世紀五十年代建築，十分寬敞，樓底高，全髹白色，一進去就舒服。

祝亮把孩子揹胸前，進屋，她把他放下，他開始在地上爬，春分給他一塊餅乾，一隻球，他自己開心玩耍，他的新天地也是祝亮新天地。

逗留一會，由春分揹幼兒逛街。

來到大英博物館，看見有人拉橫額：「歸還賊贓『愛爾琴大理石』。」祝亮不禁微笑，有人捷足先做，春分解釋：「這所謂愛爾琴大理石，原本是希臘雅典衛城上神殿中一幅牆壁的浮雕。」

與他們在一起真有趣。

在休息室餵奶，黃髮年輕太太解開襯衫哺人乳，這樣說：「為什麼不餵母乳？對嬰兒有百利。」

祝亮不出聲，春分忍不住，替祝亮摘下手套，讓女子看大傷疤，「她受火傷，服嚴重鎮痛劑，不宜哺乳」，那女子連忙道歉。

米倉在門外等她倆，租了車子，「可以一直駛往愛爾蘭。」

春分悄悄對二哥說：「大嫂似懂得不多。」

米倉低聲微笑回答：「女子無才便是德。」

「是，是，要多疼她一點。」

米倉帶祝亮辦入籍手續，他人面廣，有關英人連忙迎出，緊緊握手，「米，我已知聞令兄的事，至為傷感，這是他孩兒？你好，young man。」英人的禮數完全像真的一樣。

孩子乖巧，一聲不響，大眼睛骨碌碌四周張望，小小胖頭像潛望鏡左右移動觀察環境，可愛聰明。

春分說：「靠山，二哥是我們靠山。」

她停一停，看着祝亮，「大哥就像個大男孩，愛玩愛笑，大方爽朗，人人喜歡他。」

祝亮無語。

「大嫂，你說話吧。」

米倉走近，「春分，別煩大嫂，母親說請你替她選購凱斯咪羊毛睡衣。」

春分一聲得令，一手拉着祝亮便走。

今時不同往日，名牌店家門口都貼着簡體字「歡迎」字樣，華裔店員走近，試着用各式方言與她們接觸，把衣物取出讓她們細細參觀，「中碼，淡紫淺黃粉紅各三套。」

春分胸前陀着寶寶，大家都稱讚他英俊，逗他笑。

轉變真大，雖然米氏兄妹在讀書時也不曾遭遇什麼委屈，但是再不敏感的人，也會覺得華人地位實在不一樣了。

一個洋婦正在猶疑撫摸凱斯咪圍巾，店員從她指尖取過給春分看，「送人最得體，男女都合用。」

當然那樣做有點無禮，但春分不經意說：「一打。」

事後她低聲對祝亮說：「你不知道，從前，這種店員會佯裝看賬本，不理我們。」

她倆到店裏附屬餐廳吃點心，叫炸魚薯條，給小牛一條，沾番茄醬，他吃得嗒嗒聲，春分説：「小牛，嘴巴閉着，不可作聲。」祝亮又笑。

「大嫂，你那麼開心，我們接着去巴黎。」

祝亮只怕福氣一下子享完，不敢應允。

米倉帶保母來接她們，春分解下小牛，才發覺肩膀痠軟，「這小子十分懂得長肉」，不禁心酸，這麼多人疼他，偏偏他父親永遠不會回轉。

正在忙，祝亮一抬頭，電光石火之間，像是看到一個熟悉人影，這一驚非同小可，她怕那人也看到她，連忙躲到米倉身後，低下頭，一動不動，驚出一額冷汗。

春分拉起她手，「怎麼了，不舒服？」

提着大包小包上車。

「明天，我們與母親到玫瑰園，要早起。」

祝亮緩緩鬆口氣，卻失去遊興。

那夜她沒睡好，口渴，全身關節疼痛，輾轉反側，半明半滅之間看見有個人跟着她不放，他有一雙駭人血紅眼珠。

早上，大家等她出門，並不怪她一臉倦容。

到達花園，才知為何要晨早，一片清新花香，真是再嫌玫瑰俗艷也會愛上玫瑰。

他們一家流連忘返，到禮品店買了種子回家栽種，春分説：「這玫瑰，本長在我國雲南茶田之旁，英籍茶商見到驚艷，運到本國混種種植，變成英國玫瑰。」

春分知道這些掌故。

米倉這時輕輕吟詩：「I am his highness's dog at Kew, Pray tell me Sir, whose dog are you。」

春分一聽，嘩哈一聲笑。

這次連祝亮都聽懂了，這詩諷刺在英國做狗都要論社會階級，其勢利之處，無與倫比。

這家人真有意思。

米太太倦了，先送她回去。

「你們的事辦得怎樣，也該回家了吧。」

「是，是，過一兩天便走。」

春分那個男朋友前來告別，不捨得，淚盈於睫，唉，不知可耐多久。

米倉揶揄：「別看他倆抵死纏綿，一下子丟腦後，自高中以來，不知淘汰幾許小伙子。」

春分追着打，與二哥滾作一堆。

接着他們三人逛書店。

在童書部祝亮找到一本維尼小熊角色插圖字典，愛不釋手，過兩年小牛就合用。

祝亮隨即訕笑自己：你以為你真是小牛母親？你做夢了。

米倉在一旁看着祝亮臉上微細變化，當然，她的容貌已大不如前，卻仍有一股嫻靜秀氣，非一般女子，如他妹子春分可及。

他選了若干科學及設計雜誌。

春分說：「這些針織書，管家會喜歡，從前阿好——」識趣止住。

付賬時排長龍。

「不是說紙書不流行了嗎。」

「是那人的紙書。」

回家了。

怪不得老聽時髦人說度假多麼重要，確是鬆弛神經好療法。

在旅館門口等行李上車。

祝亮像是又看到那個可怕人形，那裏是一個人，簡直是魔鬼真身：血紅雙眼，咆哮着，張牙舞爪，要把她揪出處死。

她嚇得發抖，蹲下動也不敢動。

春分連忙護着她，「大嫂，就回家了，你怕什麼？」

管家急急扶起，「我們都在這裏。」

米倉也趨近替她擋風。

這時，下雪了。

雪花零碎輕輕飄下，遇地即融。

春分來不及叫大嫂欣賞，迅速扶她上車。

她輕輕說：「大嫂驚魂未定。」

說得一點也不錯。

無論喝多少熱湯，祝亮雙手仍然冰冷簌簌抖。

米太太坐近，握着祝亮雙手，用她自備小電毯子遮住。

不多久，小牛找人：「姆——媽」，又叫「阿——嫲」，真難為這小小孩。

春分追問：「我呢，我呢。」

祝亮盹着。

看到自己蟲子般蜷縮在一角落，一隻兇惡尖喙鳥不住想釘她出來吞吃，那隻奇形怪狀的鳥，有血紅色不住眨動的眼睛。

她受驚，躲無可躲，怎麼會被他找到這條石隙，她蜷成一團，忽然明白，除死無大害，非得提起勇氣抵抗逃亡不可，她奮力鑽進一條縫子，渾身劇痛，她尖叫出來：「有人嗎，有人救我嗎。」

春分用力把她搖醒，擁她在懷中。

她這樣告訴醫生：「本來已經好許多：會笑，吃得下，對我說過一句話，讚我似天使，全家歡喜，以為漸漸好轉，誰知這次旅遊回來，情況又朝下，這些日子，半夜驚醒，滿身冷汗，像淋過水一般，真可憐，猜是有一件事，叫她惶恐至此。」

心理醫生小心聆聽。

「仍是該次如人間煉獄火車爆炸所造成的陰影吧。」

醫生抬起頭，「我估計不。」

「心理醫生都巴不得化身鑽入當事人腦海，經歷他們身受一切。」

「那是什麼?!」

「那會是至為恐怖經歷吧。」

「一定是，否則不會叫患者痛不欲生。」

「可否將該部份記憶準確用手術摘除。」

「上世紀中葉有醫生嘗試過，徒然叫病人癡呆。」

「那麼，梁美麗應該怎麼做。」

「假以時日，慢慢調養。」

「所有庸醫都會那麼講。」

醫生啼笑皆非。

連米太太都出動，早晨陪祝亮在園子散步小坐。

一日，她捧着熱茶，忽然向花叢一指，「看」。

一塊葉子上，佈滿綠色小蚜蟲，密密麻麻，看完皮膚起疙瘩，一隻麻雀，飛近，逐一啄食，一排排那樣有條理清除，一粒不放過。

米太太說：「弱肉強食。」

祝亮沒睡好，精神萎靡，呆呆觀看。

忽然，麻雀自枝葉翻跌，摔在地上，拍兩下翅膀，不再動彈。

園工走近，把麻雀扔進垃圾袋，「太太，這種蚜蟲有毒，小心。」他在樹下撒上藥粉。

祝亮似有頓悟。

米太太挽着她手臂，「我們回屋吧。」

走到石階，祝亮反過來扶米太太。

米太太心細，自然發覺這些微差異，心中安慰。

「若果在家裏悶，找個嗜好，我讓春分替你出主意，你看她，長年累月不務正業，忙得不知多有樂趣，學到她三分，已經受用不盡。」

呵這話讓春分聽見，還不跳起來。

春分有主意，「大嫂，我們去比華利山矯形，我知道有一隊醫生，手術巧奪天工，而且聲明對整得更美沒有興趣，他倆致力恢復原狀。」

米太太捧起祝亮明顯歪斜面孔，「我不覺得美麗有何不妥。」

祝亮握住米太太手感謝。

春分說：「大嫂，你說，你深居簡出，是否因為容貌不如從前。」

祝亮並不希冀回復從前樣貌。

毀容後，眾人反而珍惜她。

祝亮已經許久沒有肚餓感覺，但偶而進廚房，仍注視垃圾桶，看有什麼丟棄還可以吃的食物。

彼時，老在飯店後門等廚工丟棄食物：仍在包裝袋裏的冰淇淋、麵包、水果、蔬菜……他們都像搶一般揣進懷抱，然後，聚在角落，分配揀來食物，先把易吃的如香蕉塞進嘴裏。

祝亮無意會把廚子掃到一角的西芹拾起咬一口。

廚子開頭納罕，會得輕鬆說：「太太，廚房刀光劍影，你還是出去的好。」

稍後習以為常。

祝亮十分隨和，轉身走出。

廚子小心翼翼，放好手中那把鋒利剔骨刀。

女傭說：「此刻屋裏有孩子，不比從前，你那批利刀，要收牢牢。」

廚子答：「誰說不是。」

春分聯絡到矯形醫生。

祝亮只是搖手。

米倉說：「春分你別多事，我看着美麗一點也不覺她不妥。」

春分搗着鼻子，「打完球拜託你別多說話，立刻去沖洗。」

祝亮再次緩緩振作，故意撥鬧鐘，比任何人都早起，第一個進嬰兒房。

有時，小牛嗒嗒作聲，表示肚子餓，她把他抱到浴室，先做清潔工夫，一邊說：「小牛，長大之後千萬要記得大人每日替你打理乾淨，忤逆，也有個限度。」然後，讓他吃麥糊。

他倆坐上露台呼吸新鮮空氣，看園工軋軋剪草，一股草香，浪漫的人說是青草被割下時報急呼吸，生物學家說不，那只是斷草的汁液。

幼兒十分高興，「抱抱，抱抱。」

他抬頭，手舞足蹈，原來看見米倉。

保母也進來，接過嬰兒，笑着說：「我們讀詩去。」

米倉奇問：「誰的詞。」

「床前明月光，疑是地上霜——」

米倉哈哈笑，坐到祝亮身邊。

女傭給他們做咖啡。

米倉輕輕說：「美麗，你是一個勇敢的女子，這些日子，看着你情緒三起三落，正與醫生擔心你不能戰勝頹落，又見你奮力攀出黑洞，每次都不容易，春分與我對你特別尊敬。」

祝亮忍不住苦笑一聲。

「米丰並不知道，他擔任着多麼重要任務，這小小子負責鼓舞整家士氣，他已長出兩顆乳齒，白色，剛冒頂，真有趣，全忘卻自己也曾是嬰兒，多神妙。」

祝亮點頭，她記得，乳齒脱落，長出恆齒，都由她自己處理，也沒告訴兒童院內任何人。

「妳如覺得悶，可跟我回公司做些資料整理工作，本來此事由春分擔綱，不幸這人全無紀律，一星期曠工三天，我親手把她開除。」

祝亮看着他。

「你覺得我應給她一個活絡些的職位吧，但是，任何工作，正經認真的做，都會變得沉悶、重複，你想，拍電影是何等絢爛熱鬧職業，可是去現場參觀過的人都知道，打光、試鏡、重頭來過，有時一天只拍幾個鏡頭。」

這時，聽見管家斥責園工，「你又不是昨天來的人，怎麼把石級上青苔全部剷清，你不知太太喜歡『階前有苔痕』嗎。」

米家內，是另外一個世界。

管家倚老賣老，相當威嚴，連春分也忌她三分，一次她教訓說：「三小姐，你已過了十八歲生辰，這超短褲與超短裙，以及手袋上林林總總掛飾，都不再適合你，少穿為妙，你看你大嫂多端莊斯文，白襯衫就盡顯氣質。」

祝亮一怔，她？

跟着米倉回公司，才發覺米氏做棉織品生意，其實，只是做棉布衫，白色，分上中下三個品種，不負責印花，衫上印何種花紋，廠家自便。

員工就穿自家布衫，上邊印米氏藍字。

米倉自己穿西服，他年輕時髦，西服外套與褲子都相當緊身，外衣短且窄，沒遮至臀部，有女職員盯着看他漂亮身段，是，男子也有身段。

祝亮盡量做到不卑不亢，與人事部見過面，坐在大統間一個角落，看着堆積如山的樣板、品碼、登記冊，她需把實物記錄到電腦之內。

祝亮右手活動沒從前靈活，但尚可勉強工作，同事稱她「梁姐」，她覺得安樂。

不過是眼看手見功夫，從前學過電腦作業足夠應用，傍晚，有推銷員詢問某物料某數字，她已可在電腦提取資料。

同事低呼「哈利路亞」，吻着數據離去。

真有意思。

那天七時許下班，司機在樓下等她，「米先生說，不如一起吃晚飯。」

祝亮答：「我答允寶寶一起吃碎肉粥。」

她乘員工車回家，在附近消防局下車。

祝亮一向習慣乘公車來回，「前邊街市下車」，她這樣清脆知會司機，司機眉開眼笑，「聽到，姐姐。」

她沿斜路走回米宅，米倉車子已經追上，「若果下雨，怎麼辦？」

祝亮忽然輕輕答：「像所有人一樣，淋濕。」

米倉一怔，她的聲音低沉動聽，輕快自然，同她人一樣，絲毫不做作。

他也像春分，佯裝沒聽見，淚盈於睫，卻不動聲色，「這樣吧，我叫那司機兜你上斜路。」

這就方便得多了，祝亮點頭。

米倉歎息，又再吁氣，他人生已經過了一半，為什麼從來沒碰見如此着實的女子。

兩人一前一後回家。

一起陪小寶吃牛肉粥。

這小寶巴不得天天吃甜粥，可是，他仔細張望過，發覺大人碗裏同他小碗裝的食物都一樣。只得勉強說：「牛肉粥。」

米倉先吃：「好味好味。」呼嚕呼嚕。

小寶也吃下半碗。

稍後，米倉躲在廚房大口吃漢堡。

他與護衛員説話。

「不止一次，有個中年男子，在大門鐵閘外探頭探腦。」

這個住宅區閒人不多，這不是小事。

米倉問：「記住長相沒有。」

「有，此人看樣子有五十上下，五官平常，身段並不高大，皮膚黧黑，有點像南亞裔，光頭，板着面孔，似是討債。」

一下子説出這許多特徵。

「攝錄影機可有記錄。」

「請看。」

米倉看過，影像有點模糊，與護衛説的差不多，他説：「換一套先進錄影，後門矮牆與小孩住所也多裝兩具，若有異樣，即時報警。」

護衛沒提及的是，那人穿着廉價衣物，揹着一隻舊紅色背包，塞得鼓鼓，彷彿整副家當都放在裏邊。

這是誰。

這兩天，傭人一早上街市，向管家報告：「很奇怪，大門口貼着一張大字告示。」

管家出門外看，果然，鐵閘外貼住一張信紙，上面寫着幾行字，管家看一遍，臉色沉重，「還有何人見過？」，「我一早出去，便看到它」，「不要與任何人說起」，「明白」。

管家待米太太起來，喝過茶，才悄悄與她說起字條一事。

米太太變色，過片刻才說：「這不過是信差，小角色，不是他，背後有人指使。」

管家似乎知些首尾，「可要報警。」

「警察一到，依法辦事，先套我們說出前因後果，先取我們供詞，且把殷律師請來。」

祝亮一直就在米太太不遠之處，不知怎地，沒叫她諱避，也許因為她不說話，靜得似影子，不會礙事。

祝亮識相避開，但是主僕二人低微聲音仍然鑽入她耳朵。

「多少年」，「想怎樣」，「你說呢」，「太太，已經付過許多」，「人心不足」，「這人幾歲」。

米太太想一想，「有五十歲了。」

那天下午，整家女眷圍觀小牛沐浴，這伙女子心理並無問題，只是幼兒戲水，實在太過趣致，「可以看到幾時？」，「大約還有半年，屆時他怕羞」，「多可惜」。

殷律師來到，在浴室門外咳嗽一聲。

她看過字條以及錄像。

「是個小角色。」

「我也猜想是。」

「不就是幾個錢嗎，何勞如此精心設計，我去見他。」

「勞駕你了，他會到律師辦公室嗎？」

「米太太，你沒聽説過嗎，這些人，油鍋裏的錢也要撈出來花呢。」

「寓所怎麼辦。」

「以不變應萬變。」

「我有不祥兆頭。」

「整家人搬往何處？越是怕，他越高興，遲早又追尋上門。」

「看樣子，還需向警方備案？」

「我已打算賠錢。」

「不會是最後一次、二次、三次。」

「我也知道，很快花盡，又回頭再來。」

「你不怕麻煩？」

「人生一世，總遇見蛇蟲鼠蟻。」

傭人忽忽走進，「太太，那人又出現，問太太看到字條子沒有。」

「護衛，陪我出去與那人會面。」

門外站着的，已不是那揹紅背包信差，換了另一人：高大，碩健，五官輪廓分明，四肢敏捷，衣着時髦。

這是魔鬼真身。

祝亮在門縫看見，蹬蹬蹬退後三步，靠着牆壁，出乎意料，心境卻平靜，只不過胃裏翻騰，忽然蹲下嘔吐。

女傭連忙趕前扶起。

祝亮跑二樓在露台角張望。

只見殷律師與那人說話。

「請移步到辦公室詳談。」

該男子聲線低沉粗壯，「進屋不是更加方便。」

「那到底是住宅，不必驚動婦孺。」

「對，聽說她接回孫兒，但，那並不是她的血緣，女性，就愛做夢。」

「請把你對女性的觀點留給自己，明天一早九時，請到這個地址，我會恭候。」

「那麼早。」

殷律師已轉身。

他想追上，護衛一個箭步擋在面前。

那人喃喃說：「門高，狗壯。」

祝亮詫異到極點，此人突然出現，原來並非衝着她，而是朝米太太撲上。

他與米太太何種關係。

祝亮頹然坐下，還有何種關係。

該附骨之蛆，靠女子血肉滋養，他與米太太，一定有不尋常關係。

他纏住米太太之際，應該比祝亮還早。

祝亮渾身戰慄。

要怎樣才能躲過這次災劫？

她緩緩站立，握緊拳頭，指節發白。

站到雙腿痠軟，腳背腫起。

這時春分回家，看到祝亮神色煞白，吃驚，「發生什麼事？」

幫她坐下，替她搥背按腿，「人來，參茶侍候。」

祝亮一直覺得天下竟有如米春分般幸運的人，此刻有機會看深一層，又未必如此，春分不是能受打擊的人，祝亮心中難過，握住她手。

「你又胡思亂想了，明日覆診，問一問醫生，有何妙方可以開解，譬如說，服一貼藥，把腦中不愉快負能量剔除。」

祝亮只想：終於找上門。

那人還作從前打扮，可是髮線明顯後退，臉肉浮腫，兩腮下墜，他不止老，且是潦倒，一個人的生活如何是看得出的。

看樣子，他不知祝亮躲在米宅。

祝亮用手搗住臉，回房，倒在床上，像是遇到雷殛，渾身精魂震散，散落一地，她太清楚那個人，他不達目的誓不罷休，為着他沉淪着迷的吃喝嫖賭毒，不惜犧牲他人所有，他沒有良知，他精神變態，危險之極。

祝亮睜眼到天亮，僵呆地起床淋浴更衣。

歎口氣坐在沙發。

忽然，她覺察有人摸她膝頭，吃驚，誰？

一看，原來是小米手，他扶着祝亮膝蓋借力，搖晃站着，嘻嘻笑。

啊，學走路了，鬼鬼祟祟自小床滑下，輕輕一步步挪動胖腿，扶着家具，走到祝亮面前，展示他新技能。

此舉像是替祝亮注射強心劑，小小人自一團粉那樣逐步勇敢學做人，一樣樣克服，她是成年人，難道就此服死？

她抱着小牛站起，「會走了，會走了！」她大叫。

管家跑出，呆在當場，不知為小牛會走抑或小米太太開口講話更吃驚。

祝亮站小牛身後拉着小牛雙手慢慢走出一步又一步，好小子，不徐不疾，一直笑瞇瞇，鬆糕般腳，邁開一步又一步。

家人鼓掌：「Good Job！」大聲叫喊。

整間米宅彷彿光亮起來。

其實那是一個陰天，稍後還下雨。

那人嘀咕着進殷律師辦公室，脱下外套，抖一抖雨水，不想人看到襯衫袖子髒破，且掉了鈕扣，又再穿上。

「找殷律師。」

秘書引他進會客室。

殷律師一早已在等他，目光炯炯，如一隻獵隼。

他說：「早。」

殷律師不想與他交談，示意他坐，並隨即交上一張支票。

那人看看支票面額，不動聲色，把支票收入口袋。

殷律師以為他會站起離去，直至花光那筆，然後，他會再出現。

但是，他假咳一聲，像是還有話說。

殷律師警惕，她莫非小覷了這人，他還想如何，這個人不知廉恥，已達匪夷所思地步，啊，確有這樣男子，時運低，便會碰到。

他低聲如此說：「給你們三個月時間。」

她靜靜等他開口。

做什麼？

「把財產整理一下，分我一半。」

一向老練的殷律師都不由得瞪大眼，什麼？

原本不想開口的殷律師都想罵一句放屁。

「老太太年紀也差不多了，待她過世，我找誰要？非得把握這一刻不可，你同她說：三個月限期，她要是不爽快拿出，我就把我與她之間的事抖出，看她與子女如何做人。」

殷律師氣得渾身發抖，忍不住霍一聲站起。

「我打聽過，米氏針織，值這個數，」他說出數字，「我不會去到盡，你付我——我立刻消失，永不回轉。」

殷律師緩緩坐下，她們還是低估這個人，抑或，如此下作，已經不算人。

「別以為老太太過去的事社會不計較，我還知道一件事實，米春分不是米家孩子，事實上，米滿與米倉全不是老太太親生，她與米氏，沒有親生子女，米春分是我的女兒。」

殷律師不出聲，至為震撼。

已不是講話的時候。

「我不會打沒把握之仗，米家在本市，小有名氣，這種事，算得是醜聞，花一點費用遮住，合算之極，你說是不是。」

殷律師已經不能靜觀其變，她氣忿握拳。

「你看我，人老色衰，與從前是不能比了，殷律師在我年輕之際見過我——」

殷律師再一次站立。

那人乾笑一聲，也站起，表示一般高矮。

「記住，米春分，是我的女兒，處理得不妥，我會討還。」

講完，他做一個十分滑稽動作，舊時小流氓做了見不得光的壞事，會得意洋洋用拇指朝外撥一撥鼻尖，他就是那樣做，在極端躊躇志滿下，他忘記年已半百，並且，身上發出臭味。

殷律師渾身寒毛豎起，直想作嘔。

他在會議室小房間坐了一段時間，室內已佈滿那股異味，他有病，那是他身體某處潰爛發出死亡氣息。

這時，他還嫌姿勢不夠做作，順手取起果盤上一隻蘋果，咬一口，又放下。

「我已寫妥限期年月日，記住，三個月，隨時與我聯絡，請勿掉以輕心，我手中有照片、證書、報告，別以為可以逃往外國，我會在互聯網上發放消息，哈哈哈哈。」

他打開門離去。

殷律師立刻按鈴叫人，「把房間噴消毒劑，關上，禁出入廿四小時。」

她用二支鉛筆把那隻吃剩蘋果撥落垃圾桶，一起丟棄。

清潔工進來，先開窗透氣，一陣冷風，殷律師打一個寒顫。

她拆除錄像器內記錄，帶到米宅。

米太太觀看後，一聲不響。

也不必再討論一個人如何會做這種事，夫復何言。

「想對策要緊。」

殷律師答：「其實十分簡單，威嚇勒索纏擾，報警。」

「打老鼠忌着玉瓶，此事不可讓春分知道。」

「她已成年，知道人生並非無瑕，需學習承受。」

米太太甚為平靜，「那是因為，她不是你女兒。」

殷律師歎氣。

「還有無其他方法？」

「付贖款。」

「那是什麼數目？」

「預料可以還價，他會想，大不了花光再拿，但猜測不可少過七位數字。」

「能花多久。」

「那種人，很難講，賭癮發作，身邊又有女人，坐上去，一鋪定輸贏，五分鐘。」

米太太沉吟。

「你想用拖字訣？我有好友是退休警官，我且與他商量一下。」

「那樣，知道此事的人越來越多。」

「我友嘴巴牢靠。」

書房靜寂一片。

祝亮，一直蹲在門口。

那人在錄影帶上所說的話，一字不漏，聽入雙耳。

不錯是他，那聲音，化灰也認得。

他喜歡雙臂用力在背後箍住祝亮，在她耳邊恫嚇：「你不願？一拳打暈你，再用藥注射，個多小時醒不轉，屆時做什麼都可以。」

是這個人。

但她這次找到米宅，不是為着她，相形之下，祝亮只是小意思，也許，他已經忘記她，並且慶幸她已消失世上，米太太才是重要人物。

祝亮用盡力氣，支撐着兩腿站起，雙手扶着牆壁，一步一步走回房間。

她也要想對策。

走，避開？根本不知要走向何處。

況且，這個人要追蹤而上，也可能會找到，管你換十個名字身份，住到荒山野嶺，他必須找到生財工具。

那晚米倉回轉，發覺家人都躲房中。

他找到祝亮那邊去，看到她抱住小牛坐在安樂椅，母子用一張大毛氈裹住盹着。

整間屋子似有異常氣氛。

米倉知道找管家問不出話，找傭人問：「今日，屋裏發生什麼事？」

「殷律師來過。」

殷律師一向無事不登三寶殿，家裏一定有什麼事發生。

「她來何事？」

「正忙廚房，沒聽到。」

真是忠僕。

米倉用電話找到殷律師，「貴人踏賤地，有何貴幹？」

殷律師長吁，「米倉，你是米家唯一男丁了，米家的事，你知道多少。」

話裏有因。

米倉一邊除下上班西服襯衫領帶，一邊說：「我全都知道。」

「我也知你不是笨人，你如何得知。」

「道聽途說，還有，靠自身猜臆，大哥也告訴我不少。」

「那就不用我多嘴。」

「發生什麼事？」

「米太太重新訂遺囑。」

「老人家最厲害這一招，她又為何不高興？」

「免將來紛爭。」

「殷律師，你知我與春分不會做這種事。」

「怕有外鬼呢。」

「我們也不會選擇那樣的伴侶。」

「反正她已把財產分三份。」

「可有照顧到美麗。」

「美麗代管小牛那份，廿五歲歸還一半，廠屬你，生意是你做起，也十分公道，大屋留給你結婚用，你如獨身，則給米丰，內容很簡單，若干首飾贈春分，她會陸續發放媳與女，米倉，不是我說你，你還拖着幹什麼，快結婚生子吧。」

米倉沉吟，「沒人要我呀。」

「你也太謙虛了。」

米倉只是訕笑。

「早點休息，明日到我辦公室，才與你詳談。」

米倉剛想淋浴，有人敲門。

他光着上身，連忙穿上浴衣，才去開房門。

門外站着祝亮。

米倉覺得不尋常，「給我十分鐘，我們到圖畫室說話。」

圖畫室在客廳一邊，許久不用，堆着舊家具。

傭人進來把飲料點心放茶几上。

米倉換過運動衣褲。

這個人，是美男子，無論站、坐、走路，都那麼瀟灑好看，他四肢比例均勻，身體語言謙遜，不常笑，偶然牽動嘴角，額外親切。

他涵養功夫上佳，無論員工說什麼相反意見，他總會靜靜回答：「我沒聽清楚」，等他們想仔細再講，不卑不亢，不徐不疾，解決問題，溫和而堅決。

他自斟咖啡，又給祝亮一杯，輕輕開口：「找我有事？」

祝亮開口，「我有不得不說的話要講。」聲音略沉。

終於說話了，一年以來，還是第一次正式與她談話，米倉裝作稀疏平常，「我一定小心聆聽，你說。」

祝亮這樣開場，「一定要把春分送走。」

米倉一時沒聽懂，只緩緩問：「她惹你生氣？」

他的聲音輕柔舒服，讓祝亮說出心中話。

她低聲說：「我知道你們的身世。」

「啊，是米滿與你說的吧。」

米倉平靜聲音叫祝亮也鎮定，她遂盡量有條理把那人出現過程說出。

米倉神色漸漸無奈。

他揚聲叫傭人取來一瓶拔蘭地，斟咖啡裏獨飲，過一會，輕輕說：「沒有酒真不知怎麼辦，這樣吧，我把你不知的補充一下。」

祝亮雙手顫抖，「我多管閒事了，但必須先送走春分。」

米倉按住她手：「美麗，你是家人，長嫂為母，放心說話。」

「是你們給我信心，我才大膽發言。」

「我與米滿一早知道，我倆並非米太太所生，這不是秘密。」

「啊。」

「我們與米太太同住之際，米滿已有十歲，我則七歲，能說會道，很有主張，還有一件事：我與米滿，亦非同母。」

這又是意外，祝亮張大嘴。

「外人看，也許會覺得複雜，但我與米滿，都認為，一家人就是一家人，一路相安無事，米太太對我倆無分彼此，十分愛惜縱容，因無從比較，也未覺有何損失。」

祝亮想，一定是有遺憾的吧。

米倉像是知道她想什麼，牽牽嘴角，「男子漢大丈夫，不應抱怨環境，而是要克服環境。」

祝亮吁出一口氣，說得真好。

「那陌生人來訪，不是為着我們兄弟，而是為着春分。」

祝亮急得雙眼發紅。

「我會與米太太及殷律師商量此事。」

祝亮說：「那人……可怕。」

「他過去定期出現，米太太一直應酬付款，這些事，我與米滿也知道，終於盼到春分過十八歲成年自立，事情又好辦些。」

米倉並不緊張，真好似能夠大事化小樣子，祝亮沒那麼樂觀，她對此人，有充份了解。

「你與小牛，也出去避避鋒頭。」

「我們要陪着米太太。」

米倉微笑，「這倒真切，你們母子雖不能擋，也不能打，卻是米太太精神支柱。」

祝亮取過酒瓶，斟出酒也喝了一口。

「這些時候，你是為了春分擔心事吧。」

祝亮又重新維持緘默。

「你瞧米家，表面上看，並無瑕疵，內裏卻有諸多紛擾，你嫁入米家之前，沒想過這家如此複雜吧，我已明白，世人尋求快樂，好比駱駝穿過針眼那樣困難。」

祝亮感觸，低頭不語。

這時，天已濛亮。

米倉說：「我陪你出去走走，呼吸新鮮空氣。」

他把自己大衣披在她身上，祝亮一陣溫暖。

護園在門外，朝他倆說聲早。

霧重，彼此看不到雙腿。

他倆在私家路散步。

很久很久之前，肯定是前生，她也曾想像，將來對象，要似米倉這樣，需有一副承擔肩膀，善待婦孺，勤工，公道。

祝亮的頭越垂越低，現在，她什麼都不敢再想，那個年輕做夢女子已死。

就在此時，一輛淡藍銀底小跑車呼一聲經過他倆身旁，又倒車回頭，司機笑嘻嘻，正是米春分。

一直以為春分在家，原來不知什麼時候偷偷溜出玩，天亮才返。

米倉氣結，「你毛病總不改。」

春分笑嘻嘻，「朋友生日，不出席不行。」

她坐到米倉身邊，「氣氛熱鬧，不想早走，他們還在吃早餐，談論明年大計。」

米倉說：「想你不知，多少醉駕司機走錯逆線迎頭撞車——」

春分用手掩住二哥嘴巴，「阿婆沒你嚕囌。」

她穿單薄舞衣，祝亮把米倉大衣轉蓋她身上。

「你倆好興致，坐門口說什麼。」

「商量把你送外國。」

「你們都把我與大哥當外國人，這次好不容易覺得家裏溫馨，又想攆我走。」

「你且到倫敦新居住一年。」

「做什麼？」

「你不是有親熱男朋友嗎。」

「哪一個？」

「春分，多與亂，已經不再是時髦事。」

「他發錯電郵，向一名叫 CeCe 的女子示愛。」

祝亮暗呼哎唷。

這時管家走出，「三小姐，你從什麼途徑走出屋子。」

春分拍手，「哈哈哈，我自然有辦法。」

管家急叫護衛，「你這保安設施有紕漏。」

「我馬上查測。」

春分笑着進屋，米倉推着門待祝亮先進。

祝亮想，將來不知哪一名好運女子，能夠與米倉為伴。

米倉問：「今日可要告假。」

「可以應付。」

「聽到你說話聲音十分愉快。」

回到公司，米倉先吩咐助手替春分做飛機票，「替她報名到亨汀頓時裝設計科學習，從頭做起，有個目標，非讀到文憑不可。」

他站窗前，一邊脫下外套交助手掛好。

男人，在發號施令之際往往發放魅力，這不稀奇，說完了，他轉身，靜默動作也一樣好看。

祝亮被他發覺她正在注視，不好意思，立即垂頭。

兩人都沉默。

祝亮連忙回到崗位。

有同事生日，給她留一塊蛋糕。

下午春分來了，雀躍終於可以讀設計，看到好吃果子，即時送到嘴裏。

春分，是一個快樂蛋。

她整個下午在網上查閱資料，頗有組織能力，不久便把計劃寫出：英倫敦亨汀頓學院文憑科：明年二月開學，十八個月課程，學費八萬英鎊。

「不提供住、食、醫療，學生需擁有合法護照……」

兄妹一直有商有量，逗留到下班時分。

他們接受祝亮意見，她覺得安慰，真似成為米家一分子。

「嗚嗚嗚，不捨得小牛。」

「隨時可來看你。」

「大嫂，這一年半你起碼過來三次。」

春分搖晃祝亮雙肩。

「你別出力搖她，她弱不禁風。」

春分連忙放手，「這些日子，她利用簡單手勢傳達意見，語言，可有可無。」

三個人忙整天，也不覺累，到底年輕。

他們在外頭吃飯，米倉要往一間粵菜店，春分咕噥：「我知，你又想吃魚腸魚頭，那是應該丟掉的渣滓。」

是那種識途老馬吃刁鑽食物的小飯店，米倉只叫一砵臘味飯與豬肚子燉湯，伙記笑嘻嘻，「再炒一碟韭菜。」

滋味好得叫祝亮詫異，她頭一次在米家添飯。

春分無論如何不肯吃豬肚。

正擾攘，有人走近，手搭到米倉肩膀。

近些日子，祝亮對環境比從前還敏感，立即抬頭。

來人年輕時髦艷麗，是名混血女郎，彎下身軀，吻米倉額角，「好久不見你，可喜在這裏碰到，速給我電話，否則我坐下不走。」

祝亮連忙垂目。

米倉忽然臉紅。

春分解圍，「這位小姐，我是他妹妹，這位是大嫂，你不必示威。」

女郎樂了，「哈哈哈，打擾你們，這頓我請客。」揚揚手走開。

不知怎地，米倉耳朵燒得透明。

春分說：「二哥最喜歡這種胸巨無腦 Bimbo。」

米倉低聲說：「大嫂在這裏，春分你瞎說什麼。」

「你雞食放光蟲，心知肚明。」

兄妹爭執，氣氛出奇地好。

春分說下去：「大哥斯文，大哥喜歡大嫂這樣有氣質的女性。」

米倉瞪起雙眼，「你有完沒完。」

祝亮說：「她快去倫敦，許久不能暢所欲言。」

沉默許久的祝亮一開口就有力量。

「聽，聽，大嫂講得多好。」

那艷女果然替米倉付了賬，米倉覺得走為上着，避之則吉，護着祝亮與春分離去。

第二天，米倉見殷律師。

殷律師開門見山，「把春分送走是明智之舉，但是最好派一個助手給她。」

「讀書少女用助手？她熟悉倫敦。」

「那就看你這二哥有多疼惜她了。」

「你公司有可靠的女助手否。」

「當然有。」

「殷律師，那個人再度出現，相信你已知道。」

「每個人生命中均有荊棘。」

「家裏每個人，包括管家，都知道有這塊無底黑沼，大家都裝作沒有這件事的樣子，這麼些年，都未能解決。」

米倉覺得厭倦，「這世上，怪不得有買兇殺人事件。」

「米倉，你不要亂說話。」

「明白。」

「美麗與孩子最好也避一避。」

「米太太與美麗全離不開小牛，應付恐怖分子，最勇敢方法是如常生活，不受威脅，不叫壞人得逞。」

「米倉，你有無考慮報警，如今民智已開，這種事，在繁忙都會，三兩天就被市民遺忘。」

「這不是我的事，這是米太太的名譽。」

「她自給自足，年紀相當，又不喜交際，不必理會別人說三道四。」

「警方會怎麼做？」

「我與警界朋友談過，可請法庭頒禁制令，起阻嚇作用，假使此人仍然囂張，可以拘捕。」

「你查過此人往績否。」

「他是一個小型罪案積犯，三次進出牢獄，最長一次是入屋盜竊，判十八個月。」

米倉沉默。

「梁美麗可知此事。」

「把春分送走正是她的主意。」

「美麗明敏，最聰慧之處是不說一句話，這事沒人做得到，她已把米家陰暗之處看得一清二楚。」

「真怕把她牽涉在內。」

「不怕，怨有頭，債有主。」

兩個平時也算是運籌帷幄的能幹人，此時竟想不出什麼辦法。

這時，殷律師接到一通電話，對方才說幾句，她已露出喜色。放下電話，她長長吁出一口氣，「好消息，真是好消息。」

「什麼事？」

「那人在酒吧消遣鬧事，同保鏢打架，用刀刺傷保鏢，已經遭警方拘捕，米家可以鬆口氣了。」

米倉啊地一聲。

「但是，仍需警戒，記住，他是千年做賊的人，米宅要千年防賊。」

米倉這時想起公司有事，趕返辦公室。

殷律師叫住他。

米倉詫異止步。

「我們認識多久？」

「小生一懂事就認識殷律師，你是家父最信任好友。」

「那麼，我說幾句私人話可以否？」

「一定是逆耳的忠言。」

「三兄妹中最聰敏是你。」殷律師頓一頓，「米倉，不該愛的人不要愛。」

這樣一句簡單不過的話，如揭開米倉一塊不為人見的傷疤，痛得他跳起，他用力掩住，但是沒用，鮮血漸漸沁出。

他坐倒在沙發。

殷律師雪上加霜，「你是見過世面的倜儻男子，這一關必須熬過。」

他低聲說：「真的那麼明顯？」

「你對她似膠着的鍾情，嗅都嗅得到。」

「我已盡量克制，話不敢多說一句。」

「只要你出現，就感覺得到。」

「為什麼會這樣？」

「能夠解釋的事故容易處理。」

米倉忽然疲倦，「這件事叫我老了十年。」

「我還以為你這小子永遠不會老。」

漂亮的女子被他疏遠，找到殷律師處，殷律師婉轉問：「可是經濟問題」，沒有，她們之中沒有一人表示金錢可以解決問題，只是飲泣，「不，不，只想他回轉，請殷律師轉告。」這時，殷律師覺得報應不爽，竟有笑意。

米倉用手揉臉，幾乎嗚咽。

殷律師說：「回公司努力工作吧。」

回到辦公室，米倉看到祝亮桌上各種檔案已經清理掉七成，真虧她手腳利落，同事排隊索取資料，幾乎要派發輪隊籌碼。

米倉也照規矩排隊。

祝亮微笑逐一招呼。

沒有人介意她一邊臉歪斜且寡言。

同事們讓米倉排前位。

祝亮抬頭，叫米倉心一震。

已經被殷律師拆穿，他精神泰然，當然，含一分自憐。

他站着這樣說：「那人為着另一件刑事案為警方逮住，估計脫不了身，暫時可保安寧。」

祝亮愣住，一直繃緊神經像是略鬆一下，她深吸一口氣，又吁出，不出聲。

「剛來得及把春分送走，要叮囑她取消網上所有蹤跡。」

祝亮點頭，需盡量保護春分。

米倉得到鼓勵，立刻叫助手辦事。

孤兒，像祝亮，在社會最陰暗一角求生，被壞人剝了皮尚不放過，連骨頭也用來熬湯飲盡。

那晚，看到小牛咚咚走出，腳步大穩，抱住米倉大腿，「阿叔。」

米倉笑逐顏開，抱起放到肩上四處走，又捧起扮飛機，出一身汗。

睡前，祝亮關緊所有門窗。

她在看一本叫「遠離負能量」的教育文字，當催眠劑。

她聽見「嗒」一聲。

祝亮整個人跳起。

接着又有小石子打到玻璃，又是「嗒」一聲。

她鎮定下來，張望一下。

看到米倉站窗下。

唉，月色下的他肩膀是肩膀，腰是腰。

為什麼不敲門。

祝亮推開窗戶，他緩緩走向前。

他一聲不響，站着看祝亮。

祝亮回望。

過一會，巡夜護衛員經過，見有人，走近，發覺是米倉，躊躇一下，機

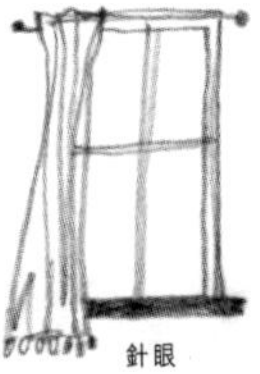

靈走開。

米倉接着也轉身離去。

半晌，祝亮坐在床沿，看完負能量報告，她決定仍然住在烏煙瘴氣的地球，歎口氣，這時聽見鄰室小牛醒轉喊媽媽，她連忙走過去抱起，貼着臉頰，哼她懂得的歌詞：「哪裏來的駱駝客呀，沙利鴻巴唉呀唉」，不禁落淚，她已全無非份之想。

保母過來，「相必是要喝水，太太，你去再眠一眠，離天亮還有些時候。」

稍後對管家說：「太太與孩子連心，真叫人感動。」

「險些一命換一命。」

「如此可愛母子已失生活棟樑。」

「你今天心情好說那麼多話！」

保母連忙退下。

接着幾日，替米春分打點出門。

她行裝相當輕便，一隻揹袋就夠，什麼都不用帶，身邊有現款便行。

春分這樣對祝亮說：「這次我打算結了婚才回轉，不會叫各人看死。」

祝亮嚇一跳，「各人是誰，為何咒你，婚不可亂結，你那麼年輕，別慌別忙。」

「你我年紀差不多，大嫂，不結婚不會長大，各人都把我當小孩。」

「那你就繼續做少女，這段日子最開心。」

「可是，我愁將來這個老少女一世耽家中。」

「陪着米太太也好。」

「母親有一日會——」

「到時才振作成長未遲，拖得一日是一日。」

管家聽到都笑出聲。

「不是說不可以浪費時間嗎。」

「一般人沒有資格浪費時間，你不同，你起碼還可以蹉跎十年八載。」

「真可以那麼奢侈？」

「只有你。」

「大嫂，你說話真有意思，你拯救了我。」

她們相互拯救。

米倉仔細吩咐助手：「但凡有奇奇怪怪的人出現，最好方法是知會警方，我知你是空手道黑帶，但毋須輕易動手。」

那年輕能幹女職員說是。

米家又少一名成員。

若無米丰撐台，會見零落，可是有這個小孩，等於多一個大人，成日不停學說話、奔走、遊戲，時刻要大人陪伴，他有一個嗜好：查看大人嘴裏有什麼好吃食物，若聞到巧克力氣味，那可是不放過的。

小會客室有張S型兩人椅，祝亮喜歡，坐着讀報，米丰就爬上坐另一邊，「媽媽」，卜一聲吻母親臉頰，這S欖原本便是情侶椅，乍看二人坐着不同方向，一個向左，另一個向右，可是卻比並排坐還親熱，不過，祝亮知道她心已灰，就算是肉身，也不算活着。

她與米丰一起觀看國家地理雜誌攝製的動物生態紀錄片，一邊吃爆谷，看到老虎撲向鹿群，他會警惕說：「啊」，緊緊抱住母親。

弱肉強食，適者生存，是這天地律例。

母子又觀看小小蜂鳥的生命歷程，看到小鳥獨自嫻靜築巢下蛋孵出幼鳥，米丰拍手，用食指與拇指比劃尺寸，「呦呦」，他說，表示只得二吋左右。

任何人看到他們母子都覺溫馨。

保母說：「會縱壞否。」

「寵壞就寵壞。」

已經頗重，仍然手抱。

米倉見他們如此投入，站一旁，不打擾。

待保母抱走米手午睡，他才坐到椅子上，拾起零碎爆谷，輕輕說：「殷律師知會：那人判刑六個月。」

祝亮點頭。

「我想趁這段時間搬家。」

「米太太年紀不小了。」

「這所老房子裝修一下租出，意大利領事館有興趣，老太太已同意。」

搬往何處？

「有兩個城市可以選擇，」他取來世界地圖，「我們在此，春分在倫敦，米家可以搬往多倫多，離倫敦只五個小時飛機航程，或是……」

「多倫多會冷啊。」

「那麼，溫哥華。」

「得徵詢米太太意願。」

「你呢，美麗。」

祝亮一怔，她沒想到自身，從來，她均身不由己，說得坦白些，像刀俎上魚肉。

電光石火間，有一個小小聲音在她耳邊說：「這是離開米家好機會。」趁他們大遷移，她趁亂退出，不那麼突兀。

米倉近距離看清她的猶疑。

「沒期望你會一輩子留在米家。」

祝亮輕輕說：「米丰還小。」

「這些日子也是你寶貴的歲月。」

好像她祝亮離開米宅走到街上，還有什麼好風景可看似的，外頭有些什麼，祝亮最清楚，湖光山色都留給米春分這類幸運女，不是祝亮。

她離開米家，只為不想再蒙蔽下去。

米倉把手放她手上。

這是大而溫暖的手，米倉不戴首飾，左腕戴一隻極薄的白金皮帶手錶，他不用手提電話，與他在一起，永遠不虞電子鈴鐺響起，分了心，他怎麼做得到？要做的話一定做得到。

過片刻，祝亮輕輕把手縮回。

那種溫暖，逗留整天。

她同自己說：還能有什麼念頭不成。

可是，眼看着嫩綠草苗自水門汀縫中悄悄長出，應當即時摘斷，但祝亮卻不忍心，要做，一定做得到，她卻貪圖那些微可憐的歡愉。

結果，像所有打算移居海外的華裔一樣，看中溫哥華山上一幢房子，面海，極靜，幾乎沒有鄰居。

米倉十分喜歡，介紹給米太太。

誰知米太太一看，心都灰了，「我不去，那屋子同修道院有何分別，就差沒用繩索吊着籃子運上日用品，管家不會去，保母也不會去，我更加不會去。」

祝亮微微笑。

「這不肖兒是想我們都做尼姑呢，小牛到什麼地方找學校？不去。」

米倉有點尷尬，「那麼找一所近市區——」

「也不去，整天看着藍天白雲碧綠海洋，我的牌搭子與聊天好友全不在，整日幹什麼，這是一種懲罰。」

「母親——」

「大難當前，火山噴發，兇手找上門，我也不走，什麼年紀了，我啥子都不怕，還搬往太平洋另一邊呢，裝修我都不幹。」

管家在一旁聽見，放下心，真是，加三倍薪水她也不會到西方生活，她會道歉退休。

「你們年輕人想法不一樣，四處為家，處處是家，通訊工具在指尖，我想法不同，我決定不走了，那房子，給米丰作結婚時用吧。」

米倉啼笑皆非。

米太太心思轉得快，像少女一般善變。

管家說：「恭敬不如從命。」

殷律師知道後笑說：「年紀大了，最怕變遷。」

她見祝亮不出聲，「你怎麼看。」

祝亮不出聲。

殷律師說：「難怪米太太痛惜你。」

這時祝亮說：「我有話同殷律師說。」

「啊，請到我私人辦公室。」

祝亮難以啟齒。

「不要緊，我沒事，你慢慢說。」

話未說完，外邊已經吵起，助手進房請示，「王家大小姐硬要預支下個月零用。」是另一家的驕縱女。

「她已預支到二零三零年。」

「鬧着不肯走呢。」

「王太太真聰明，把刁蠻女轉到我們律師樓。」

「你看着辦，我這裏有客。」

祝亮詫異，原來不止米春分一個刁蠻女，看樣子，社會上幸運女與不幸女一般數目。

祝亮緩一口氣，輕輕說：「我想找一個人。」

「是誰呢？」

「是一個孩子，他年紀，與米丰一樣大。」

「呵，兩歲不到的小孩，叫什麼名字，父母又是什麼人？」

律師心中，已覺突兀。

「……沒有名字。」

殷律師看住祝亮，這是怎麼一回事。

她發覺祝亮臉上一點情緒不露，但眼神哀傷，叫人惻然。

「這個孩子，是你什麼人，性別是男是女？」

「兩年前九月二十五日，他在和平城附近萬安市靈糧醫院出生。」

「肯定是男嬰。」

「也有可能是個女嬰。」

「美麗，這是怎麼一回事？」

祝亮不出聲，幾次三番想解釋，心頭沉痛，卻哭無淚。

殷律師連忙說：「慢慢說未遲，這有限資料，因小兒不會說話，故得在醫院方面下手，我會託可靠的人替你打探。」

祝亮按殷律師的手。

「別擔心，律師我除出辯論，另一本事是守口如瓶。」

祝亮站起，腳步不穩，由此可知，此事對她何等上心。

資料有限，也難不倒專門人才。

助手說：「有日期，有醫院名，有一線機會。」

私家偵探來了，「嗯，尋人，找一個棄嬰，當事人是他的生母吧。」

殷律師沉吟，「偏偏又不是，當事人該段時候也剛好生養，她的孩子，同棄嬰一般大小。」

「會否是雙生兒。」

「對，一個是鐘樓駝子，另一個是吉卜賽美女。」

「殷律師，你別笑話，世上奇事之多，小說都寫不盡。」

「所以要委託閣下。」

「一定不負所託。」

他去了。

這個人，相貌身段平平無奇，公路車上，十個人八個似他那樣老老實實，乾乾淨淨，不聲不響，據說年輕女子最怕這種沒有性格男生，但是，做私家偵探卻恰恰好，不會惹人注意。

這時，米手會無端端放下玩具走近祝亮，胖胖手捧起她臉，卜一聲吻，「媽媽」，羨煞旁人。

米太太叫，她進書房，看到米太太正整理首飾盒子，連忙止步。

「進來呀。」

祝亮在不遠處站定。

「看你對首飾並無大興趣。」

祝亮賠笑。

管家在一旁說：「這是真的，不過，也有穿耳孔呢。」

米太太順手拿起一隻小小盒子，「這副耳環，相當含蓄，你戴最合適。」

打開一看，兩顆獨立大鑽石閃閃生光，似對祝亮眨眼，不知什麼地方含蓄。

「這兩顆石並非一般大小，略有差別，但戴上就看不出，配便服最美觀，就你的白襯衫卡其褲便可以，你收下吧。」親手替她戴上。

「替你聯絡好醫生，她說只需三十分鐘，便可矯正臉頰高低。」

祝亮低頭不語。

「療傷期限已屆，米滿也不希望看到你一路哀慟，對老人來說，千辛萬苦已經超越，回憶過去是種苦澀享受，吃青橄欖一般，年輕人就不必了。」

祝亮不出聲。

「像你這般年輕有義氣女子實少見，硬是把孩子自鬼門關搶下，米家感激你。」

祝亮一怔，莫非米太太知道了什麼。

「唷，」她關上盒子，「我也累了。」

祝亮退出。

管家看着她的耳環，「很好看，整個人都開朗。」

說的是，祝亮抿嘴，名貴寶石可令許多女子振奮。

傍晚，米倉看見，輕輕說：「春分一直磨着母親要這副耳環。」

「不好意思。」

「春分忽然歎寂寞，她說一停止請客，就失去朋友，真是酒肉朋友不錯。」

祝亮點頭。

「我總覺得你心不在焉是想家。」

不，祝亮沒有家。

「你有辦不到的要求，可與我商量。」

祝亮忽然大膽伸手，學春分那樣撫摸他臉頰。

米倉乘機按住她手，本想吻一下，但聽見米丰咚咚腳步，輕輕放手。

消息來了。

調查員與殷律師密談。

「與醫院護理人員及醫生談過，得到結論如下：不錯，當年該月那一晚，的確有一年輕孕婦倒在醫院急症室昏迷不醒流血不止。」

「啊。」

「連忙救到急症室，她身邊並無任何身份證明文件，故只稱無名女，緊急接生，希望可保母嬰生命，搶救之後，保住母親，但那嬰兒，發育不全，並未救活。」

「什麼意思？」

「報告上記錄，胎兒發育不全，急性心衰歇。」

殷律師打一個突。

「產婦一日後甦醒，自行離開醫院，失蹤，至今尚未尋回，院方一直耿耿於懷。」

「母嬰均無姓名，可知產婦相貌如何？」

「產婦通常面無人色，五官扭曲。」

「沒有其他證明？」

「只有血液樣本及幾張掃描，照說，胎兒心臟先天不全，幾個星期便可驗出，該名少婦顯然沒做任何產前驗查。」

「這麼說來，環境必然很差。」

「本市醫檢福利不差，許多治療均屬免費。」

殷律師沉哦。

調查員說：「這些報告，都可證實我所說屬實，這可是費了一點心思才託人找到的記錄。」

殷律師當然明白，叫秘書入內奉上支票。

偵探說：「福爾摩斯說過，尋找真相，只要把所有不可能因素剔除，剩下來的，便是事實，無論它多不可能與荒謬。」

「你想說什麼？」

「我想說，尋找胎兒的女子，便是他的生母。」

「不，我說過，她在同樣時間，剛好生養，那孩子活潑可愛，與她相依為命。」

「那麼，是雙生子。」

殷律師沒好氣，「不，生養時她丈夫在她身邊，斷無可能丟棄另一名嬰兒。」

「那麼，胎兒屬她親友所有。」

「她沒有親友。」

「這我相信，那產婦去到那個地步，怎麼會有親友，況且，查案者米家大子之妻。」

「你可以回去了。」

那是趕客，偵探唯唯諾諾離去。

好奇心叫他嘀咕：「是嬰兒掉包，不是，驗過因子，正確無誤，那麼，是產婦調轉，哈哈哈，越發匪夷所思。」

他的猜臆，其實與事實不遠。

殷律師把祝亮請到辦公室。

她把偵查人員所得結論告訴她，並且播放會晤錄影，殷律師覺得現場錄影最可靠不過。

祝亮聽到，「胎兒從未存活——」，掩住面孔，不住點頭，淚水自指縫流出，這種深大悲傷，全無可能假裝。

為什麼要為一個不相干的胎兒流淚？

殷律師接着聽到祝亮輕輕說：「好，這樣也好。」

「美麗，」殷律師說：「你願意把因由告訴我嗎？」

祝亮緩緩喝下熱飲，自言自語，「那我就毫無牽掛了。」

她站起告辭。

腳步不穩，又坐倒，賠笑，再站立走向門口。

始終沒有透露心事。

殷律師到這個時候也肯定胎兒與梁美麗有關。

她送她到門口。

祝亮再向殷律師道謝。

世上自有熱心端正的好人，只是祝亮沒早些遇到。

她整個童年與少年期被壓在社會最底層，防人之心，比一般人嚴重。

祝亮竟一路走回米宅。

像贖罪似，她緩緩步行近兩小時，不覺累，也失去目標，半路下微雨，不消一會全身衣物濕透，她漸離市區，走進米宅私家路。

司機接女傭自街市回轉，看到躑躅人形，「哎唷，是太太」，嚇得連忙煞車，女傭急忙下車扶住。

祝亮抬頭，似不能認人。

她呆呆看着司機與女傭，過一會點點頭，閉上雙眼。

女傭把她扶上車，回到宅子，管家已聞訊在門外等候。

眾人不知發生什麼事，只曉得「切莫告訴米太太」。

醫生診症，「無大礙，淋了雨，喝些薑茶，休息。」

米丰擠進臥室，隱約也知有事，抱着媽媽，把臉靠到祝亮胸前。

祝亮連忙振作，在小孩耳畔呢喃：「沒事沒事。」

醫生對管家說：「即便你與我，也偶然會有情緒問題，她已經做得很好。」

祝亮沉沉睡去。

卻沒有做夢，大抵，胎兒不懂託夢。

醒時，渾身劇痛，嘴唇乾裂，掙扎起身找水喝，看到幽暗光線下有人對窗而立，那英軒身型，一看便知是米倉。

米倉聽見聲響，連忙把水杯遞給她，一喝，是燕窩粥，祝亮忽然想起淘氣的春分製造的大量假燕窩魚翅人參，抿起嘴角。

米家，還是安全的地方。

米倉不說話，輕輕把她的頭按到懷內不放開。

祝亮想說：人家會看到。

不料米倉已經低聲說：「看到就看到。」

祝亮不語。

這時，房外有人咳嗽得特別大聲，好像是管家。

她說：「太太到朋友家搓牌，可能通宵。」

米倉站起揚聲：「知道。」

那一晚，米倉在家吃飯。

管家說：「最近常常在家晚膳，請預早告訴我們做什麼菜。」

「小牛吃什麼我吃什麼。」

米丰這時握着一隻雞肉餃子吃得津津有味，孩子手指關節活動不大牢靠，食物總抓得緊緊。

「保母說米丰要到幼兒園面試。」

米倉幾乎擲下筷子，「不是這麼快吧！」

「米先生，幼兒大得快，我們小牛已經認得廿六個字母，以及若干單字，也學會上洗手間。」

「她母親知道嗎?」

「屆時米先生你也要一起出席。」

米倉捧着頭，「嘿!」

米丰也說:「嘿。」

那一早，兩大一小都鄭重打扮，先去掃墓。

米倉帶着一大束黃色鬱金香，着米丰奉上。

大家鞠躬，離開。

米丰幼小，不覺傷痛，活潑見校長。

米倉與主任講明三人身份，「我是監護人，孩子的父親在二一五列車意外身亡。」

米倉與祝亮在房外等。

聽見米丰大聲說:「七」,「八」,大概叫他認數字，真了不起。

他順利被錄取，是年秋季入學，學習做人，看樣子不到十年，便可將做人道理貫徹通透，像敷衍、虛偽、藉詞、推卸……等。

米倉把侄子抱緊緊，一手牽着祝亮。

怎麼樣看，都像一家三口。

他洗心革面，每天期待與家人吃飯，西服上再也沒有香水味，白襯衫乾乾淨淨，少了各色脂粉。

一日，祝亮對殷律師說願意做矯型手術。

「好呀，新面目新開始。」

祝亮忍不住微笑，「殷律師你做過嗎？」

「當然，這裏，這裏，這裏，不然一百歲的人，還能見客嗎。」

這次是揶揄自身，祝亮忍不住笑。

「是什麼叫你改變主意？」

「不想再招惹奇異目光。」

「本市有一流專科醫生，不必到比華利山，我可以給你推薦。」

約了日子時間，殷律師閒閒說：「米倉可知此事？」

噫，祝亮沒有徵詢他意見。

「關照一聲，他一向關心你。」

多謝殷律師提點。

殷律師停一停，「大家都知道他對你用心。」

祝亮聽出意思，「他們都喜歡年輕女子：清純、簡單、天真、新鮮。」

殷律師沒想到她會說這樣老練苦澀的話，「美麗，你還年輕。」

祝亮訕笑，「我知道自己。」

「知彼知己，最最重要。」

祝亮說下去：「我沒有學歷，沒有工作能力，只能做最低工資工種，多數不夠付房租，他們很快看穿我底子，我不會妄想。」

對殷師長說這麼多，已經不容易。

「但喜歡一個人與否，與表面條件一點關係沒有。」

殷律師真樂觀。

有，有類此例子，那女子貌不出眾，亦無才學，缺家庭背景，性格也非和善，卻得到幸福婚姻，而且持久整個生命。

「心理醫生——」

「殷律師，你才是最優秀的心理治療師。」

祝亮趁空檔向米太太與米倉表示整形意願。

「聽春分説，不是不吃苦的呢，而且效果往往不如預期的好，不過美麗你這例子不一樣，你是想恢復正常，我支持你。」

米倉在一旁不出聲。

祝亮在約定時間到達，看護微笑把她帶進。

醫生替她臉部做多張掃描，耐心解説：「左邊眉骨碎裂沒長好，早應扶正，頭皮植髮部份扯得太緊……都是小意思，你本來是小圓臉，重整後可要作出任何更改？」

「會恢復原本面目否？」

「你原先未受傷之前的五官應當如此。」

醫生打出電腦圖像。

是，都說祝亮長得漂亮，正如圖樣。

「因為要遷就肌膚紋路等，結果可能如此。」

這張圖樣的祝亮五官看上去比較現代。

「右邊眉毛只剩一半，切除疤痕，替你做植眉。」

祝亮點頭。

「手術分兩次進行，每次約三小時，米太太，任何手術均有風險，希望你明白這一點。」

祝亮訕訕問：「我兒子兩歲，手術後他會認得我否？」

「孩子只關心誰愛他。」

祝亮放心，「謝謝醫生。」

米倉一直不發表意見。

祝亮這時已知他脾氣，那即是不同意。

送祝亮到診所時他輕輕說：「誰也不介意你臉容。」

那就好，那也不會計較她重塑五官。

手術室大燈開亮，上了麻藥，祝亮閉上雙眼。

米倉回辦公室，不能專心工作，碰巧有客戶挑剔中碼T恤太小，米倉聽見，走近那客戶，一言不發當場把領帶襯衫統統脫掉，露出好身段，然後，套上中碼，張開雙臂，讓客戶看個夠。

那中年女客看半晌，期期艾艾說：「對不起，很合身。」再把她名下紀念活動標誌貼在米倉胸膛，加一句：「很好看。」

女同事抿嘴，有人鼓掌。

米倉鞠躬。

這時剛巧醫生有電話知會，米倉來不及穿襯衫，笠上外套就趕出門。

手術成功，祝亮清醒，紗布蒙面，右眼腫起，眼白血紅，有點恐怖。

米倉把她接回家休養。

進門便看到米丰奔出，看到紗布，不但不怕，還大笑叫媽媽。

管家說：「看到沒有，兒要親生。」

殷律師在書房與米太太低聲說話，不一會，輕輕離去。

祝亮一顆心提起，春分沒事吧。

米倉明白，「放心，春分每晚與我視像通話，除出要零用，還是要零用，剪了個陰陽頭，右邊留長，左邊剷青，唉。」

祝亮點頭，是該放肆，過幾年，老大，再輕舉妄動，就是不顧尊嚴。

三日後拆除紗布，祝亮照鏡子，啊煥然一新，皮光肉滑，帶一種異常粉紅色，醫生本人也相當滿意。

米倉錯愕，「美麗都不像美麗了。」

祝亮轉過臉看住他。

不過，那綿綿哀愁的眼神仍屬於他的美麗，他有點放心。

他握住她手。

看護微笑，「米太太，你看米先生多麼愛惜你。」她誤會了。

他們兩人沒有解釋。

三天後再做鼻子與下顎。

這次，連祝亮都認不出自己。

除出米丰，大家都覺得不慣。

春分看過後老三老四說：「消了腫就自然，大約半年左右吧。」

畸怪五官已經消除，她災難遭遇也且放到腦後。

再也沒有市民提起該宗火車意外，人類有一至大特性，叫做忘記。

手術全部完成之後，怎麼看祝亮，都是一個可人兒，容貌轉向亮麗，彷佛把心底陰影也略為抹去，但是，烙印像紋身，始終留印子。

一日，她趁廚房沒人，悄悄打開抽屜細看廚刀。

工欲善其事，必先利其器，廚刀均鋒利無比，切一條青瓜都不可拖泥帶水，片片薄如蟬翼，她找到一把剔骨刀，刀鋒本來寸許寬，打磨次數一多，變得極窄，只剩半寸，看上去，倒像一把扁錐。

祝亮取過一隻蘋果，輕輕劃過，水果分為兩爿，祝亮很敬佩這把利刃，爽爽快快，一刀兩斷。

她把剔骨刀放進另外一格抽屜。

米家有一間令人羨慕的大廚房，通風，落地門直接通後園，氣氛奇佳，廚子站久了便端張矮櫈坐窗前，看看自家種的香料生長得怎樣，意境奇佳。

這時他進來，看到祝亮，「咦太太可是找什麼？」

祝亮自後園小路走回大廳，米宅上下她已住熟。

看到米倉指揮園工種花，米丰騎在叔父肩上，十分起勁。

他說：「母親上次逛過玫瑰園也想在家做一個小型的園子，這次種的是只得四張花瓣刁陀玫，即紅白玫瑰戰爭品種。」

米倉坐下放低侄兒，那孩子立刻玩泥巴，保母追出哇哇叫。

米倉在太陽光下看到祝亮晶瑩復修的面孔，有點陶醉，幸虧春分不在，否則不知又要說什麼話取笑。

祝亮輕拍身邊空位，請他坐下。

米倉坐到祝亮身邊，忽然情不自禁，九牛二虎之力也壓抑不住情緒，他也拍了自己大腿兩下。

祝亮意外，面孔緋紅，兩個年輕人相處這麼久，第一次真情流露，祝亮忍不住駭笑，掩住嘴。

祝亮當然沒有坐上去，但米倉對她愛慕之情，已表露無遺，他以如此輕佻大膽手勢示意，非同小可，祝亮怔住。

正在此時，身後傳來聲音：「嘖嘖嘖，米倉。」

一抬頭，原來是殷律師也蹓躂到園子。

米倉無地自容，平日老練的他把情緒控制得最好，今次失策，雙眼只能看牢鞋子。

祝亮略略定過神，有點心酸，不忘替米倉解圍，「殷律師怎麼來了。」

殷律師坐對面，「米家兩兄弟，根本出名是調情高手。」

祝亮說：「殷律師，一起吃飯吧。」

殷律師卻咬住話題：「米太太對我提起，她不會阻止你倆的感情。」

祝亮沒想到殷律師會開門見山道穿，「我想到英刁陀皇朝，朝廷把阿拉崗的凱撒琳嫁妝花光光，與她訂婚的大王子辭世，無法把苦命西班牙公主遣返，只好着她改嫁亨利八世，又更近一點，當年女皇伊利沙伯二世的祖母瑪麗皇后，本來許配的也是長子，年輕的他病逝，瑪麗也改嫁喬治五世。」

米倉站立。

「你坐下，米倉，聽我把話說完。」

「殷律師你不是米氏家長。」

「怪我多事了，米倉。」

「殷律師，你已過界。」

「我只想勸你倆不要放棄難能可貴的感情，有時，一個人，找一輩子，也沒遇見——」殷律師說不下去，她想到自身，歎口氣，「恕我多言。」

她站起離開。

祝亮叫住，「殷律師。」

她握住殷律師手搖兩搖。

「對米倉說出實情吧。」

「你都知道。」

「我只是思疑。」

殷律師轉頭離去。

米倉說：「美麗，是我失態。」

祝亮卻攔住他，「我有話說。」

米倉凝視她，伸手輕輕撫她鬢腳。

他又輕輕說：「是我失態。」

把祝亮的手窩在頸彎。

之前的尷尬漸退，「我得回工作崗位。」

傍晚，殷律師找米倉，「叫你見笑，我這隻老貓竟在客戶前失態。」

米倉心一酸，「都是美麗，她有種魔力，叫我們口吐真言。」

殷律師笑，「那你不再責怪我。」

「殷律師永遠是米家指路明燈。」

從那一晚開始，米倉開始為自己找節目。

要多見外就多見外，與多年玩伴坐一塊，絲毫不投入，他們也不介意，任由他坐一角鬧情緒。

一個漂亮年輕女子實在忍不住，走近問：「失戀？」

米倉笑，「如何見得？」

「聞都聞得到。」

米倉點點頭。

女郎詫異，「她拒絕你？設法排除患難呀，勇往直前。」

米倉看着這陌生女子，忽吐真言：「她是我寡嫂，已育一子。」

女郎一怔，「喔，有點複雜。」

「換你，會怎麼做。」

女郎抬高白皙面孔，「年輕寡婦都是美麗的，因為她們雙眼含有不可彌補的創傷，楚楚可憐。」

米倉苦笑。

「一向聞說米先生你風流倜儻，這下子動了真情，確也難得。」

活該讓人取笑。

「換了是我——她對你可有好感？」

「相信有。」

「那就不必理會其他，你讀過史坦培克的《伊甸園東》吧，何況，令兄已不在人間。」

她說得好似那是一種運氣。

「你不懂。」

「說得也是，外人覺得，相愛便為一起，可以不理的全部丟下，最簡單不過。」

「以後呢。」

「嘖嘖嘖，米先生，你又不是昨日才出生，快樂哪有永恆，不過是能高興多久便多久。」

米倉語塞。

女郎探身向前，「你害怕跟着而來的責任。」

「須知她不能再受一次打擊。」

「女子比你想像中堅強。」

「我不捨得她吃苦。」

「那就更加要爭取。」

米倉笑，「你真直爽。」

「話已說完，取捨隨你，五分錢心理醫生，希望幫到你。」

米倉笑，「請你喝酒。」

「我有一整桌的酒肉朋友。」

米倉叫侍應生：「開十支香檳。」

女郎道謝：「像你這樣的男子會失態，匪夷所思。」

米倉又笑。

過兩日殷律師找他，「是的，又是我。」

她約他翌日上午十時在家等候。

沒想到的是，要去派出所，而且，米太太比他先準備妥當，一邊喝茶一邊等。

米倉不知何事，有點忐忑。

殷律師到了，穿戴比平時更加整齊。

「我們到警局備案，備案呢，指有這麼一件事，普通市民已不能控制，故此知會警方，希望得到幫助，若不，也讓警方知悉事件來龍去脈，有所準備。」

米倉仍然不知何事。

他見慣世面，鎮定緘默，到達地方警署，已有警員迎他們入內。

一位女督察站起說：「殷律師，這位一定是米太太與米先生了。」

殷律師說：「這位是嚴重犯罪組的王警官，我已與她說過事情大概。」

米倉靜觀其變。

不說話真是最佳辦法，這也是美麗少開口的原因吧。

殷律師自文件夾內取出兩張照片。

「這——是那個人。」

王警官凝視照片，她那種專業的審視目光已把照片中人打印入腦海。

「他最近犯事入獄六個月，期限屆滿，三日前經已釋放，短短三日，聯絡米宅電話，達三十餘次，錄音均在此，多數是謾罵污辱，不堪入耳，並且威脅到米太太生命。」

米倉這才知曉今日發生這些事。

殷律師取出另一張照片。

「這是米宅總人口：米太太、米倉、媳婦梁美麗、孫兒米丰，以及管家傭人司機共五名，其中管家在米宅服務三十年，知悉該宗事故。」

殷律師井井有條交代來龍去脈。

「這是誰？」

「這是小女米春分，她住倫敦。」

「對方有何要求？」

「米氏家產一半。」

「憑什麼要脅條件？」

「他是米春分生物父親，如不得逞，將公開當年之事，令米春分難以自容。」

到了這種地步，米太太尚能鎮定與律師前來備案，王督察佩服。

「這不是第一次勒索吧。」

米太太輕聲答：「當然不是，但這一次來勢洶洶，似志在必得，並且數目不一樣，米家現在有一幼兒，我比從前更加擔心。」

「米太太，你與此人來往，是什麼年代的事？」

「廿七年之前，那時，我三十五歲，他廿一歲，分手後嫁予米氏，不料已經懷孕。」

「年代久遠，此人仍咬住不放，實在可惡，一般來説，警方不會對案件表達意見，但這次我不得不説，這種男人，活像吸血蟲。」

米倉一直不發表意見。

這時，他握住米太太手。

王督察說：「但，警方可以做的實在不多，第一，不可能長期派警員防衛，第二，最多給他禁制令，但假設他不甘罷休。」

殷律師無奈，「所以，要來備案，好讓警方預早知道，有這麼一件事，否則，待更嚴重事故發生，警方會說：為何不及早報警。」

王督察訕訕。

這時，助手進來，把那人犯罪紀錄副本交給警官。

「這個人，可沒閒着，他的拿手好戲，竟是逼良為娼，廿一世紀，仍變本加厲地做。」

米太太這時平靜地說：「是我品行不端，禍延下代。」

「米太太別責怪自身，這些年來你所受心身虐待，也足夠難受。」

殷律師說：「我們此來想說的就是這些。」

王督察站起送客，「米宅可多聘護衛。」

殷律師與王督察握手話別。

米倉向督察頷首。

王督察心想，天下竟有這麼好看的男子，容貌已經夠好，最叫人舒服的是那種斯文的身體語言。

雖然不可能派警員日夜盯牢米宅，到底，她也聯絡該處巡邏組，多些留意米宅。

米太太上車後鬆口氣。

「奇怪，說出反而舒服些，米倉，從此，你對母親改觀了吧。」

米倉如此回答：「那是一個問題嗎，我沒聽清楚。」

好一個米倉。

回到家，米太太喝杯熱茶就回房休息。

米倉說：「真難為她，一把年紀，那人仍不放過。」

「米太太說最令她吃驚的是：不過是為着幾個錢罷了，那人卻處處流露得意之態——看你躲到什麼地方去，你的牆再高，狗再兇，我也能把你揪出羞辱！像貓玩老鼠。」

這個人去到太盡。

米倉不明，「為何如此下作。」

「我也不明，他現時，正四處尋找米春分下落，跑到春分同學家四處訴苦，纏住與陌生人說上半句鐘，抱怨沒有錢，這人也算是叔伯身份，如此不要臉不要皮。」

祝亮在一旁，聽得一清二楚。

「他一口咬定是米太太辜負他。」

殷律師冷冷說：「有種人，覺得全世界都與他作對，尤其在酒癮與毒癮發作之際。」

米倉吁口氣，「真叫人疲倦。」

「你去休息，我吃完這碗燕窩粥也告辭。」

祝亮緩緩走出。

殷律師說：「沒想到米太太也有這種糾纏吧。」

祝亮握緊拳頭不出聲。

「看得出你對米家是真心關懷。」

她坐下，「殷律師，做什麼可以替米太太解憂。」

「一時還想不到。」

「我也有秘密。」

殷律師看着她，「你毋須勉強說。」

「也是時候了。」

殷師卻覺不勝負荷，有些人喜歡知道他人私事，「快說來聽」，「真相怎麼樣」，但知情是一種辛苦負擔。

「可是打算與米倉私奔。」

「不，不。」

「我不怪你，其實，我喜歡米滿更多，他拒絕勤工，時間特多，培養生活情趣，同他在一起，不愁煩悶，你一定喝過他自釀的啤酒吧，用了野蛇麻子，特別清香。」

祝亮答不上話。

「米滿擅長各式運動，他教會我滑水與潛水，我最喜歡看他游蝶泳英姿。」

但是，祝亮並沒有見過這個可愛的人。

本來有機會，但是，那一夜，他在餐車與朋友喝酒。

「米滿不常回家，一回來，可熱鬧了。」

米家三兄妹，只有米滿與米倉同一父親，與春分，一點血緣也無。

倘若他們性格稍有偏差，爭起來，又是一齣鬧劇。

但是他們卻彼此相愛，米太太失去一些，也得到一些。

殷律師揚揚手，「你看我，盡說些叫你傷感的事。」

殷律師告辭。

祝亮的秘密，始終沒說出口。

還重要嗎，她已經不折不扣，是米家一分子。

米太太決定探訪春分，帶着管家一起。

管家叮囑員工：「不要開門，不准多話，切莫出外遊蕩。」

祝亮看到年輕女傭與護衛搭訕，一說好些時候，心中警惕。

祝亮親自接送小牛上學前班，司機與保母緊貼身後。

因為一個賊，米家人人變成賊一樣。

等放學是祝亮一整天最愉快的事。

有些小朋友已經很會說話，清脆伶俐向家長說出上課經過，小牛只會說：「陳小文打我」或「老師叫我讀書」簡單事情，每個兒童發育進度不一樣。

每次祝亮抱起小牛，老師都勸說：「這麼大了，放下，別再抱」，若干同學已有弟妹。

祝亮走離校門才重新抱起小牛，瞞過古肅老師，喜樂哈哈。

把米丰抱入車廂，小牛指着嚷：「冰棒，冰棒」，司機要下車，祝亮說：「我去，把車門鎖上。」

小販被大群家長圍住，校工趕人，祝亮掏出零錢，「三條」，「太太，你許久沒吃冰棒，這才夠買一條」，祝亮臉紅，連忙補足。

這時，她聽到不遠處有一把聲音：「該是這所幼稚園了。」

另一人回答：「豐衣足食，歡笑連連，真像天堂。」

「哪一個是米家小兒。」

「你打算幹什麼。」

「我沒那麼笨，只想認清樣子，唬嚇老太婆。」

「上去打聽一下。」

祝亮聽在耳中，嗡嗡聲，全身結冰凝住，不能動彈。

她呆呆站着。

「太太，冰棒。」

她這才抓起袋子急步往車子走去。

女傭替她開車門。

一直到家，祝亮像是被一塊大石壓在背上，動彈不得，全力抵抗，肌肉生痛。

米倉在門口等他們回轉。

一手抱孩子，一手握住祝亮的手，走進屋內。

司機與女傭對望，都覺得他們像一家三口，這種話，也不好說出口。

米倉說：「提早下班，家裏一個人也沒有，只覺冷清。」

這時才發覺祝亮的手冰冷。

保母同米手說：「來，自己走往衛生間。」

米倉輕輕說：「我像已經習慣家庭生活，在外流連，變成苦差，我有一個朋友，凡是妻子對他嚕囌，他便說出外寄信，一去五六個小時，如此互相懲罰消氣，難怪結婚廿週年紀念。」

他之前不回家吃飯，難道是為着同樣理由。

這時春分找，視像看到是在家裏，後面米太太正忙着煮食，一個英俊小生在旁幫手，好不熱鬧。春分說祝亮：「大嫂面色總是差，米丰呢，把他叫來，我想他啊——」接着又說些肉麻話，春分嘩啦嘩啦一鬧，祝亮身子漸漸暖和，加上米丰穿着浴袍奔出與姑姑說話，奇趣，祝亮鬆口氣。

米春分問：「米丰最愛是誰？」

「媽媽、姑姑、嫲嫲、叔叔。」

「只挑一個呢？」

「媽媽，姑姑，嫲嫲，叔叔。」

春分跟小孩可以糾纏許久。

不能讓任何人干擾這個快活少女。

祝亮把剛才放學時情況說出，「我們搬家吧。」

米倉踱步，「以色列政府對恐怖分子的定義是一班不讓人過正常生活的兇徒，他們絕不姑息這種組織，不予商議、不予妥協，永不退縮，犧牲人質在所不惜，但是，以國一定報仇。」

「米氏只是一個家。」

「米太太一開始就做錯，十多年來養活害蟲，姑息養奸，至今失控。」

「我想——」

「我已與殷律師與王警官商量過，這次，非站穩不可。」

「那麼，米丰暫時停學。」

「怎麼可以讓他們知道米家放棄生活規律。」

「太大膽了。」

「我是米丰監護人，我會保護他。」

「這得與米太太商量。」

「不必驚擾她。」

「米倉，這件事，你可別一意孤行。」

米倉忽然微笑，「我與米滿同父異母，可米丰是親侄子，請你信任我。」

「米倉，你真勇敢。」

「美麗，你也是，我最敬慕你的大愛。」

祝亮看住他，「你早已知道。」

米倉輕輕頷首。

「你那麼聰敏精明，怎麼瞞得過你，是幾時被你認穿。」

「我見過梁美麗一次。」

啊，如此簡單。

「還沒拆紗布，你一站立，我便知你不是美麗。」

啊，開頭就心如明鏡。

「為何不拆穿。」

「你沒說你是美麗呀，是米家認定你是她。」

這根本不是理由。

「幾次我想與你説話，但已發覺米家視你為救星，全副精力寄託在你身上，連春分都忽然黏家，你再次融合米家成為個體，又救回米丰，相信真的美麗也不會做得更好，」聲音低沉，「都不會捨得你走。」

「真的梁美麗，她是什麼相貌。」

「大哥一向喜歡樂觀女子，明艷、嫵媚、愛笑，我短短與她會晤，開頭抱着成見，認為大哥不該瞞着家人，一見面，即時融化，她耳背近頸有一顆紅痣，這也是明顯特徵。」

祝亮沒看到，但他形容的美麗，大致不錯，美麗有一股可親的難得氣質。

祝亮垂着，「你不知我真名吧。」

「不，我不知你姓名、籍貫、生肖、生辰，來自何處，將往何處，但相信你已知道，我對你一直有特殊好感，最重要的是，我倆並非叔嫂。」

祝亮到這個時候才醒覺，是，他倆並非叔嫂，她也不是米丰母親。

祝亮豆大眼淚落下。

她還懂得哭，了不起的勇氣。

她還想說話，被米倉阻止，「今晚已經說夠。」

祝亮忍不住抱緊他手臂。

米倉輕輕說：「我是那種不顧一切，照着自己心意走的人，即使你真是米滿妻子，儘管米滿在生，我也會痛苦示愛，我天生是掠奪者。」

「你不知我底細。」

「你就是你。」

祝亮悲涼地想，開頭，一切都不計較，一切好白話，只求片刻溫柔來安慰渴望之心，日後，總有一些原因，像光鮮水果，擺久了日漸腐敗，霉黑，發臭，不得不扔棄。

怎樣解釋都不會明白，當初的愛意，最終去了何處，據說天地間物質不滅，腐爛果子產生大量碳分子，亦可作多種用途，愛念除外，不知自何處來，亦不明往何處去，有時，還會產出無窮的副產品：憎恨。

米倉最大本事，他天生會得安撫人心。

米家並沒有搬遷，小牛照常上學。

不久，米太太也打道回府。

她長長吁口氣，「春分天天聒噪，叫我耳朵受罪，唉，這個孩子，恐怕是永遠不願長大。」

「新男朋友是誰？」

「非常漂亮，像不知哪個電影明星，一聲不響微笑，聽春分嘰喳，不久將得道飛昇。」

米太太心情大好，小的們都開心。

「多大年紀，幹何種職業？」

「說來真刁鑽，他是古生物家。」

「啊，那種研究恐龍骸骨的人。」

「可不是，去年與一班同事會合各國考古學者，去到西伯利亞，與當地大學一起發掘古代長毛象屍骸，喏，象牙又長又彎，叫做猛獁。」

「好傢伙。」

「給我看影像？掘到一具幼象屍身，皮、肉、骨，完好無缺，像前幾個月被埋，其實已經兩千年，解剖開來，肌肉同牛排差不多顏色與質地，要複製這猛獁呢。」

祝亮聽得發怔，啊，無邊無涯的學識。

「他是春分所認識的男朋友中最正氣一名。」

「打算結婚？」

「我暗示過春分有嫁妝，不必為生活擔心，相愛即可。」

米倉揶揄：「大推銷大平賣。」

管家瞪小米先生一眼。

米太太與小米丰到書房去説體己話。

這米丰説話並不玲瓏，比起同齡男孩差一點，與女孩子根本不能比，但是米家大人全懂他意思。

米倉同祝亮説：「母親特別高興。」

祝亮忽然問：「可有想過尋找生母。」

「米太太就是我與米滿生母。」

祝亮點頭。

「我最討厭那種沒什麼就想什麼的人，藉故發牢騷自憐，大抵在世不如意都是因為得不到那樣東西，像出生那天大雷大雨，美女不愛他，他欠缺大學文憑，對我來説，得到的便是最好的，一定十分珍惜，不必想要天上月亮，或不勞而獲。」

男子，應當如此。

那天，米太太聚精會神與孫兒下獸棋到深夜，直至米丰握着一枚虎棋咚一聲摔倒睡着。

米倉想，説什麼都要保護春分與米丰，世上並無多少快活的人，這兩名是罕有生物。

接着一段日子沒有異象。

米倉開始多話，陪米太太閒聊，逗米太太高興。

祝亮開始覺得，太平靜了，像風雨之前不正常靜默。

她沒有放下擔憂，囑管家不可輕心。

米宅上下都知道必須謹慎，但不知為着什麼。

一日，那活潑女傭又與郵差搭訕，開着門不關，管家立刻賠錢叫她走。

立刻把警鐘號碼完全更換。

可是，只有千年做賊，沒有千年防賊的人。

春分最活潑，建議祝亮如果覺得悶，叫米倉説他過去約會史，精彩勝過愛情小說。

米倉在一旁聽見，把電腦插頭拉出。

然後，像小孩那樣撐着腰，表示生氣。

那米丰也走進，支持阿叔，也學着站定撐腰。

米太太輕輕笑說：「若要人不知，除非己莫為。」

祝亮解圍：「廚房好像做了冬瓜盅。」

越來越像一家人。

就這樣，也能過一個下午。

祝亮感慨，不再煩惱，米家衣食不憂。

一日下午，天氣回暖，祝亮把小牛吃不完的薯餅也吃掉，太飽一點，坐在窗台前休息。

不覺盹着，耳畔聽見許多瑣碎聲響，似有人搓麻將，又似在議論新聞頭條，忽見樹影婆娑，似女童院操場，太陽暴烈曬下，沒有一個孤兒知道何去何從，出走後整日在街流浪，身形已經發育完善，時時招來猥瑣成年男子不正常眼光，下午，麵包店擠滿買點心給孩子們放學吃的家長，她會趁亂抓一個麵包退下，躲一角偷吃。

人類在世上最大目的是活下來，這任務艱巨辛苦，所以學會遷就環境，去到卑下地步，漸漸適應，像扭傷關節的腿，舉步疼痛，於是側着走，很快知道怎樣做才能避免招至更大的侮辱，似對着無理取鬧的同事家人還能賠笑臉。

在夢中都那麼感慨，祝亮為自己心酸。

就在此時，米丰忽然咚咚咚跑進，搖醒她，「媽媽，媽媽！」小孩一臉驚慌，流下眼淚。

祝亮急問：「什麼事？」

「壞人，在廚房，用刀，割嫲嫲。」

祝亮抬起頭，即時聽明白，心頭淨明，比什麼時候都鎮靜。

她叫女傭，「快報警，看好小孩，鎖上門，關緊窗，不是我聲音，不要開門。」

她沒穿鞋子就奔到廚房，在門口已經聽見米太太聲音：「放開我，警察快到」，她又聽見一聲低吼。

米太太尖叫到一半，喉嚨受傷，咯咯響。

祝亮撞開廚房門，一眼看到那人像老鷹抓雞似握着米太太頸項，割了第一刀，血液泉湧。

他是怎麼闖進來！

原以為米宅已保衛得似鐵桶一般，誰知還是給那人鑽進。

當下祝亮知道形勢危急，撲到廚房抽屜，拉開，看到事前已收在那裏的剔肉尖刀，緊緊握手中，迅雷不及掩耳般攝到那人身邊，雙手握住刀柄，直往那人腰身插去，直至刀柄。

祝亮沒穿鞋，身量輕，那人要待中刀，覺得腰間一陣涼意，才驚訝轉過頭，雙手無力，摔下米太太。

他沙啞聲音，「你是誰，什麼人？」

祝亮見他退後，連忙扶住米太太。

那人盯着祝亮面孔，「我在什麼地方見過你，我認識你嗎？」

這時警車嘩嘩響自遠而至。

管家與司機湧入廚房。

祝亮緊緊摟住流血不止的米太，用襯衫塞住她頸部傷口。

那人癱倒地上，手指指着祝亮，露出驚駭神情，「是你，原來是你，我認得你了，你怎麼會在這裏？」

司機看到一地血，大個子忽然受驚，咚一聲暈倒在地。

這時警察已進門，連忙召救護車。

祝亮見米太太要說話，趨近她嘴邊，米太太弱聲說：「警察——」

警員連忙走近。

米太太竭力說：「是我殺死兇徒，是我自衛殺人。」

祝亮呆住。

救護已把祝亮拉開救人。

再轉頭看那人，他躺在地磚，已無生命跡象，一張面孔，轉為死灰色，被人抬上擔架。

「太太，你可有受傷？」

祝亮茫然抬頭。

「太太，你身上可有傷口。」

祝亮搖頭，忽然，她想起米丰，她奔上樓，女傭打開門，看到她一身血污，嚇得呆住。

米丰撲上，「媽媽。」

祝亮當命根似抱住，坐倒地上。

這時，殷律師與米倉趕返。

殷律師說：「我隨白車往醫院。」

米倉作出選擇，「我也去。」

王督察也聞訊而至，米倉看她一眼，一言不發隨救護車往醫院。

王督察知道那個眼色是說：是不是，恐懼會發生的事終於到臨，警方卻一籌莫展。

祝亮用同樣姿勢坐在梯間，一聲不響。

手下向王督察匯報。

管家忍淚抱走米丰，小孩問：「阿嫲呢」，管家淚如泉湧。

「假使你不願說話，可以押後——是你最先發現兇手潛入屋子？」

「不，是米丰，跑來通知我。」

「是他？啊，才兩歲的孩子，那麼精靈。」

「我看到他揪住米太太頭髮，用刀子劃她頸項。」

「接着呢？」

管家動氣，「王警官，你不是說可以押後問話嗎，現在真不是時候。」

米家的醫生來了，鐵青着臉，「請盡快清場，這是一所住宅。」

廚房擠滿警員與鑑證人員繁忙工作，女傭為他們準備茶水點心。

只有王警官坐一角，陪米丰吃餅乾喝牛奶。

她問米丰，「小朋友，你可知那壞人從什麼地方進來。」

米丰想一想回答：「阿嫲打開門讓他進屋。」

王警官意外，啊孩子的雙目最真。

身後傳來聲音，「嘖嘖嘖，王女士，問小孩要證供，需家長與律師在場方能作準，你私自套話，非法，不能呈堂。」

王警官尷尬。

接着，她收到電話，嗒然，不出聲。

殷律師看着她。

「那人往醫院途中死亡。」

殷律師吁出一口氣。

「米太太危殆，搶救中。」

「米太太為何解開警鐘打開門給那個人？」

「待她可接受盤問時警方可以問她。」

「對於是次意外，我十分抱歉。」

殷律師放話，「我比你更抱歉，不過，這不是意外，只是料不到那人如此兇狠！」

王警官默然。

「收隊吧，米家倖存者需要休息。」

門外已擠滿記者，每次有人進出，皆大聲發問，鄰居不勝其擾，索性站在附近觀看。

看樣子米氏終需搬遷。

第二天清早，米春分也趕回家中。

平時嘰喳多話的她此刻一聲不響，米倉派她看牢米丰，她與侄子忽忽梳洗，然後，一起去探訪米太太。

上了年紀的她躺緊急病房，臉容平靜，甦醒過片刻，對警方再三重述，「是我，是我」。

彌留一夜，傷重不治。

親人圍在她身邊，震驚過度，已無反應，只有管家放聲痛哭。

殷律師說：「她一早知會我如何辦事，請放心。」

米倉在公司議事廳開會。

把諸傭人解散，只留管家，但她請辭，米倉問：你捨得米丰嗎，她答：「這世界，誰沒有誰不行，我是老傭，知得太多，再留米家，十分礙事。」真沒想到她看得那麼穿。

由大家庭拆為小單位，春分發獃，「我與大嫂住，不，我與二哥一起」，她頹然，「我只好結婚了」，忘記一直爭取獨居。

殷律師建議把米宅租給外國領事館。

米家辦事能力強，一下子分家。

兇案很快平息，王警官幫很大忙，不予傳媒任何假設，報上登了一天，也就遺忘，只當殺人自殺案件。

殷律師與王警官感慨地喝酒聊天。

「都古稀了，還要死得如此不名譽。」

「是的，不知十七歲時不小心認識什麼人，這人後來又在社會不得意，忽然在報上看到圖文：咦，原來那傻女此刻升官發財，當上督察，幸虧手頭還有一些照片，得狠狠敲她一筆。」

「去你的。」

「真恐怖，血流滿地，連二接三慘案，虧米家挺過去。」

「米太太為何放那人進屋。」

「她一定想，再花點錢，像從前把他打發走。」

「那人為何忽然動怒，他只是個宵小，應該沒有膽量殺人。」

殷律師不出聲。

「你是知道的吧。」

「我也只餘猜疑。」

「據法醫説，那人左腰側中刀，角度與米太太所站位置不吻合——」

「那可憐老婦已再三承認她是兇手。」

「電光石火間當時只有梁美麗在場。」

「你跟所有寡婦過不去。」

「殷師，世上最可憐的人是否寡婦。」

「恕我未能回答。」

「那麼多人證供，以小米手的最可靠。」

「這孩子可是米氏承繼人呢。」

「仍然每天問阿嫲去了何處嗎，聽説他每間房間找阿嫲。」

「總有一天他會明白。」

「米倉與他大嫂應當有發展吧。」

「警官女士，你似轉行做記者。」

「我有疑問呵，你一直堅持精神科醫生不允梁美麗作證，使我不安。」

「警官，案子已結束，你就休息一下吧。」

「你我都無家室，有空閒來喝一杯多好。」

「啐，我哪裏有空同你這阿姆嘰喳。」

「你說：有伴好還是無伴的好。」

「無限辛酸，有限溫存。」

「下次再喝。」

事情全部辦妥之後，米家兄妹像是老了十年。

春分想相幫收拾母親遺物，不知從何開始，用絲巾遮住頭哭泣，「我太不爭氣。」

管家勸她：「已經夠好。」

米倉問：「管家，你將住何處？」

「寧波鎮海。」

「還有親人嗎？」

「米家給我如此豐裕退休金，不怕我沒有親戚。」

米倉苦笑。

米太太生前累積的身外物可不少，遺囑上沒記錄的首飾全歸春分，她忽然懂事，「讓大嫂先挑。」

祝亮搖頭，「我不懂這些。」

米倉覺得世上會這樣說的女子，大抵也只有祝亮一人。

春分說：「大嫂，米丰很快長大娶妻，你及早準備體面首飾。」

祝亮微笑，時間過得就那樣快，彈指間米丰會長大成人，娶妻成家。

「那就讓殷律師保管他那份。」

「太太在世時說現今竟找不到較大顆寶石，有也多作收藏用。」

祝亮垂頭不語。

他們都搬了家，祝亮此刻與米丰相依為命，她僱二名女傭及一個司機，已無外出習慣，總是在家。

米丰一放學便把她抱緊緊，「媽媽。」

她每週三次，仍到米氏辦公室幫忙。

米倉有自家寓所，但下班往往與祝亮一起吃飯，閒聊一下，題目頗廣，像「種棉花實在不夠環保，這種植物需要大量水份灌溉」，又「人造纖維實在不及棉紗舒適，人類總有一日吃光地球」。

祝亮取笑，「那，你想幫地球做些什麼呢。」

米倉氣結。

這個時候，他在外頭已經沒有女伴。

米倉為侄兒請到優秀補習老師，祝亮一直坐一旁聆聽，老師走了她可以補充。

這時的她已與初進米宅的她有極大分別。

一日，她特地到殷律師處對賬。

律師說：「美麗，你整月沒有開銷。」

「怎麼可能，光是米手學費萬多元，員工薪金……」

「你個人開銷。」

「我沒有什麼嗜好，時裝，穿上也不好看。」

「胡說。」

「殷律師，我有話說。」

殷律師是真實喜歡這個女子，「洗耳恭聽。」

「殷師，我不是梁美麗。」

殷律師聞言怔住，隔一會緩緩站立斟一杯拔蘭地加咖啡喝下，「我還以為你要我主持你與米倉的婚禮。」

「殷師，梁美麗已葬身二一五班車裏，我是另外一個女子，我姓祝，我叫祝亮，我是一個流浪女，躲入米家，騙住騙吃。」

殷律師再斟一杯咖啡，這次沒有和酒。

「我想，米家不是沒有疑心。」

殷律師沒有發表意見。

「而且，有什麼可瞞得過殷律師法眼。」

殷師緩緩說：「米氏人口看似簡單，但血緣複雜，表面平和，實則都懂得保持距離，米老逝世之後，三個子女各管各生活，話都不多，由於你與米丰加入，反而把他們兄妹拉到一起，氣氛比從前融洽。」

「殷律師，我欺騙米家。」

「你騙走什麼？」

「他們的感情。」

「你越發文藝了，美麗，他們兩兄妹並非特別可愛的人，是你對他們的包容，才激發他們的感情。」

「我不認識米滿，我甚至沒見過他。」

「你會愛上他。」

祝亮低頭沉吟。

「你在米家十分稱職，連我都不能挑剔你。」

「殷律師，我的良知日夜不停提醒我，我自覺是已毀壞貨品，一個偽冒，一個怪胎，一個假美女。」

「美麗，你言重了。」

「殷師，我是兇手。」

殷律師聽到這樣供詞，頓時一怔。

「殺死那人的是我，不是米太太，她替我頂罪。」

祝亮認罪的聲音極響，鄰房的人都可以聽到。

殷律師站起，雙手按住祝亮肩膀。

「米太太當時已無自衛能力，我取過廚房最鋒利刀刃，殺死那人。」

殷律師輕輕說：「不，美麗，你接二連三受到極大刺激，精神不穩，產生幻覺，巴不得可以保護米太太，下意識希望抗賊的人是你，不止是你，米倉也說他夢見自身撲上，徒手掐死那人，他在夢中揮拳把那人面孔搥成肉醬，米倉也正接受精神治療。」

殷律師不是不相信，而是不接受。

「米倉着我聘兒童治療師向米丰用淺顯言語解釋嫲嫲去了何處，將來，在一個更好的地方，仍然可以見面，米丰情況略有好轉。」

「殷律師，我不是幻覺，也並非做夢，我真的殺死那人。」

「喝醉酒的人最喜說：『我沒醉』。」

「這是真的。」

「你千萬要撐着不可崩潰，否則，春分怎麼辦，米丰怎麼辦？」

「殷律師，聽我說，我與那人，另外有與米家無關的血海深仇。」

這時，有人敲門，助手進內，「陳醫生來了。」

祝亮站起，「我毋須看醫生。」

一個年輕人已經走進，「那就當我是朋友，一起坐着説話。」

殷律師勸説：「美麗，米太太臨終前再三反覆承認她自衛不得已。」

「米太太要保護我。」

陳醫生説：「那麼，那老人家一定十分愛你。」

祝亮知道再説下去，殷律師會把她送進療養院，因為這是米太太遺願：一定要報答她。

祝亮説：「我想知會警方——」

「米倉在會客室等你，請你不要貿貿然説話，這會刺激到他情緒。」

祝亮不予理睬，走到辦公室門外，看到米倉。

他抬頭走近。

米倉這個人，在任何時間看到他，都會欣喜，得心情開朗，今日卻是例外。

祝亮哽咽，米倉握住她手，「怎麼了。」

殷師走到他身邊，輕輕說：「美麗有點糊塗，噩夢糾纏，你快安撫她。」

米倉拉住祝亮，「我們去接米丰放學。」

不料米丰那日被老師罰留堂。

祝亮匆匆尋人，見到老師。

「米丰怎麼了？」

「他替女同學出氣，伸腳踢一個男同學。」

領到位子，米倉不但不責備，這樣說：「我們找師傅學詠春，下次，再也不放過那些頑劣兒。」

祝亮啼笑皆非。

米倉這時忽然轉過頭，「美麗，兒子都快三足歲，我倆再不結婚，難免笑話。」

祝亮一怔。

司機聽到，心裏歡喜，笑出聲，保母答：「是呀。」都祝福他倆。

祝亮腦海空無一物，只聽到二一五列車轟轟開過巨聲，載走所有乘客，獨剩她一個人站立車站，她沒趕上二一五，她僥幸逃生。

耳邊像有人對她說：還不速速答允，在等什麼。

她硬生生把「好」字吞入肚內。

兩個人一時衝動，他們只想抓住對方共渡難關，一人一頭抓牢浮木，希望漂浮到岸，企圖活命，啊，大難不死，祝亮她學會了思考。

米倉握住她手掌親吻。

一邊，米丰也學着樣子吻祝亮另一隻手。

她幾隻指尖已被燒融，十分畸怪，然而叔侄二人好像全不介意。

祝亮一聲不響回房梳洗。

春分推門進房，見祝亮淋浴，也不出去，坐在浴室，「二哥向你求婚？」

祝亮轉過背，讓春分看背上糾結火傷疤痕。

「像凹凸地圖一樣，可找到金銀島？」

「美麗你也會說笑。」

祝亮披上浴巾。

「二哥說你沒有點頭。」

祝亮吁出一口氣，「你想他可會願意長久對牢一個整日長嗟短歎的女子。」

「你嫌棄他過去？他女友眾多，的確麻煩。」

祝亮苦笑，「不，是我的過去。」

「你從前是個怎樣的女子？」

「銀行有一種篩選不同面額角子的機器，依照大小不同，一層層從孔穴篩到下一層，我便是在最底層的一分毫子。」

「別開玩笑，美麗。」

「有否更差的？有，那些女子，已遭謀害，棄屍郊野，警方亦不急於追查兇手，因為那些女子都是社會渣滓，亦無家人出面。」

春分有點害怕，「美麗，我不明白你說些什麼，從前，你以沉默克服苦難，此刻，也請你用同樣方法。」

說完她離開浴室。

米倉問她：「你為何面色蒼白。」

「二哥，美麗神色異樣，比從前更差。」

米倉努力振作，「我另外替她約了醫生。」

「她彷彿要懲罰自己：『為什麼我是僥倖獲救的人？我不配』，這叫存活者罪責。」

接着沒多久，春分的男朋友來接她回去繼續學業，並且，向家長提出求婚。

米倉覺得小伙子夠誠意，與他談了一個下午。

春分站一旁嘻嘻笑。

兩人一有空檔便接吻，毫無疑問，這一刻，該剎那，一定相愛。

小子有點不太清楚米倉與祝亮關係，以為他們是夫妻。

米倉問他：「你那新一代猛瑪幾時出生。」

「大約下世紀初。」

「自家的孩子可要快些來這世界。」

小兩口子歡喜的笑。

「不如在本市舉行婚禮，多些親友觀禮。」

「二哥，我們就是怕那些親友。」

「那麼，就我同你大嫂好了。」

如此愛打扮的米春分竟全不妝扮，只整齊穿上米白色套裝，她愛人與她共同呼吸，只是普通西服領帶。

殷律師帶着前管家嘭嘭嘭敲門，「放我們進來，豈有此理，我們兩個長輩親眼看你長大，怎可漏卻我們。」

連婚姻註冊員都笑出聲。

管家鬆口氣，「終於結婚了，還差一對。」

殷律師瞪她一眼，「怪不得開除你，你就是多嘴。」

管家走近，倚老賣老，輕扭新女婿的耳朵，「你若是對三小姐不好，你當心。」

大家很高興的吃了一頓飯，米丰知道姑姑又要離開，傷心大哭，不能勸止。

「那麼，同姑姑一起走。」

米丰看着祝亮，更加不捨，嚎啕，從此知道什麼叫世事古難全。

他這一哭，大人也都忍不住落淚。

殷律師是鐵漢，也不期然想起當年放棄婚姻投向事業的痛苦經歷，流下熱淚。

祝亮緊緊摟住米丰。

即使有勇氣開始新生活，也放不下米丰。

她輕輕說：「米丰，跟媽媽走。」

米倉耳尖聽見，「那麼，你也得帶我走。」

管家說：「好了，好了，喜慶日子，哭成一堆。」

她知道米太太給春分的嫁妝在什麼地方，可是米春分看到大疊小疊的被褥等物只會駭笑，她說：「老式家長最奇怪，子女結婚等於他們自家結婚，樣樣出主意。」

米倉最爽快，給一個大紅包。

米丰大約知道姑丈是把姑姑帶走的壞人，對他拳打腳踢。

他們離去那天，春分輕輕對祝亮說：「能掃除你心頭陰霾的人，只有你自己。」

「婚姻，需要遷就。」

春分搖頭，「不，那不是婚姻，那是夥伴。」

他們另有一套想法，「多長久就多長久，毋須勉強。」

祝亮張大嘴，又合攏。

她有什麼資格談婚姻。

在米家得到那麼多，得益匪淺，此刻，凡事她會坐下仔細思量，哭管哭，哭罷還得坐下。

她走到人事部，訕訕同主任說：「有件事同你商量，請幫忙。」

「唷，你儘管說。」

「我想向你要一份推薦書，以後找工作用得着。」

主任大奇，人人都知道她同米倉的關係，即使是謠言，她也是米家大媳，育有一子，為什麼會「將來找工作」，以她資歷，到哪裏也頂多不過做一名文員，收入菲薄，在都會中，恐怕不能應付生活。

但，這是吩咐，並非與她商議什麼，她答：「明白。」

「這件事請勿與米先生提及。」

「知道。」

「請盡量美言幾句。」

「當然當然，照實講已經一百分。」

祝亮笑出聲。

主任想，這可是一手資料，看樣子，這個女子與米家關係有變，但，至於要找另一份白領工作嗎。

沒幾天，信就寫好，米氏廠房信紙信封，寫得真好，真實中肯，先講祝亮職責所在，再談到她工作態度，與同事相處有方，卻不說她離職原因。

祝亮珍重把信收好。

然後，她到銀行處理積蓄把米太太給她的餽贈轉到流動戶口，隨時可以挪用。

在公眾場所，她一直戴着手套與仿製假耳殼，以免惹人注目，乍看，完全是個年輕普通漂亮女子。

不徐不疾，每日做一點，很快，整幅圖樣現形，那張畫叫「離開米家」。

她收拾衣物，不打算帶太多，以她的經驗內衣與襪子最要多備幾套，外套穿身上，鞋子需舒適。

這次出走不一樣，不是逃亡，而是轉變環境。

在米家，無形的繩索越箍越緊，米家知道她的秘密比那人還多，以米倉的性格，人力物力，她走到天涯海角也找得到她。

希望他慢慢淡忘。

還有一個人，米丰。

想到這孩子，祝亮像是腰間被插了一刀，痠痛不已。

這些異動，都躲不過殷律師獵隼般雙眼。

——「你怎麼可以當米家禁錮你。」

祝亮不出聲。

「不發一言，這是你的法寶，看家本領，你這倔強女子，原以為你吃了虧會學乖。」

「我的確比從前聰敏得多。」

「從一個地方逃往另一處，永不回頭，可是這樣？」

祝亮不出聲。

「你捨得米倉。」

「像他那樣玉瓶似的男子，自然有同等級女子配他。」

「他是那樣喜歡你。」

「那是他一時的憐憫、同情、好奇，還有，回報。」

「你都分析清楚了。」

「那都是心理醫生告訴我的情況。」

「走往何處？」

「大城市，誰也不關心誰，誰也不理誰，最容易藏身。」

「米丰呢，他會半夜起床，每間房間找媽媽，找不着會哭。」

「他會忘記。」

「也太狠心了，這件事會造成幼小心靈不可彌補創傷。」

「但，我不是她母親，我只是一個陌生人。」

「一個人要為自己找開脱的理由，那是一定找得到的。」

「你覺得我應留米家一輩子做米丰代母。」

「我沒那樣説過。」

「米丰將會有一個更健康，更有學識的嬸嬸，相幫撫養他。」

殷律師揶揄，「你都想好了。」

「我沒有太多見地，你以為我沒有想過把米丰也帶走。」

「不可以，他的確是米家人。」

殷律師長歎一聲，「你走吧，有需要與我聯絡，還有，每年一月一日，給我通訊。」

「也許，我捱不到那麼久。」

「你會的，美麗，即使全世界活剩一個人，那人會是你。」

「你彷彿諷刺我。」

「大家不捨得你。」

「米倉很快會找到好一百倍的女子。」

殷律師黯然搖頭。

那一天，祝亮並沒有特別哀傷，她一貫無表情，沒言語，乘傭人不覺，米丰在學校，獨自揹着簡單行李，踏出大門。

剛巧有公路車，她迅速躍上。

車長只覺眼前一亮，好一個漂亮的年輕女子。

祝亮找個空位坐下，前後左右的乘客都向她注目，他們心情忽然好轉，一個中年太太對她說：「這是往火車站專車，你去何處。」

祝亮客氣點頭。

米丰放學不見媽媽，會哭嗎。

祝亮幾次三番對他說：你是男子，大丈夫留血不流淚。
那麼小，不一定記得。
到了終站，祝亮第一個下車。
走進火車站，她到售票窗口：「一張車票，往西岸。」
「西岸哪個城？」
「你說呢，哪個城最適宜住人。」
「基寧市最舒服，背山面海，風景怡人。」
「就去基寧市吧。」
「小姐你真有趣，是頭等票吧。」
祝亮點點頭。
火車還有三十分鐘駛出，她坐欖上等候。
胸底有一處隱隱作痛，她悄悄掩住。
就在這個時候，她看到一個衣衫襤褸的女子走近，張望垃圾箱，附近的人悄悄走避，是因為她身上有異味。

祝亮想一想，到附近小食亭買了熱飲與排骨飯盒子，輕輕放在櫈邊，與那女子眼光接觸，示意她取食。

那女子動作敏捷，竄近，取過食物，窩在胸口，不忘向祝亮點頭致謝。

啊，女子，你也有媽媽吧，怎麼淪落到這種地步。

這時，管理人員走近干涉，那女子急急走出門口，離開火車站。

中年管理員佯裝自言自語：「這種人，毒癮難戒，幫無可幫，留意手袋錢包。」

祝亮不出聲，是，女子下一頓飯在何處。

時間到了，她走入車廂，到餐卡喝咖啡。

再過一會，火車朝西岸出發，是，西方極樂，果子長生，樹影婆娑。

有年輕男子見她坐下，紛紛走近搭訕。

他們的開場白都經過精心設計，一人說：「請問你摔得可痛。」

祝亮不語，這個開場白她早已聽過，下一句是「你不是天使摔落地面嗎。」

祝亮沒有反應，他的同伴都輕輕訕笑，那少年失敗。

就在這時，車廂門打開，一個高大強壯男子走近祝亮身邊。

那班小子一見來者不善，連忙讓開。

那人正是米倉，他還是追了上來，找到祝亮。

他一言不發，坐在祝亮對面。

祝亮無奈，心語，對不起，沒說再見，希望你不要介意。

他看着她，鼻紅眼紅。

——你決意要走，留不住你。

米丰放學沒有。

到家了。

可有哭。

沒有，可能已經知道人類命運，天明天滅，人來人往，大人都靠不住要離開他。
那班少年看着這一男一女，他們是夫妻嗎，她可是逃妻，為什麼不說話。
——你將往何處，可會留一個地址。
不會，出走目的，是開始新生活。
你要當心。
只有你擔心我，殷律師覺得我貓有九命。
捨不得你。
車子要開動了，你下去吧。
我會等你想清楚再回來。
工作、小牛，都在等你，請回吧。
這時，稽查探視，「沒票子請下車。」
米倉把臉埋在祝亮手心中一會，站起，下車。
祝亮垂頭看着手心，這樣的溫柔一向不會長久。

車子軋軋開動。

這次列車叫八一三，已經取消二一五，太不吉利的號碼，從此棄用。

——全書完

書名　針眼　作者　亦舒

出版　天地圖書有限公司
香港皇后大道東109-115號
智群商業中心十五字樓
電話：2528 3671　傳真：2865 2609

香港灣仔莊士敦道三十號地庫／一樓（門市部）
電話：2865 0708　傳真：2861 1541

設計及插圖　Untitled Workshop

印刷　亨泰印刷有限公司
柴灣利眾街27號德景工業大廈十字樓
電話：2896 3687　傳真：2558 1902

發行　香港聯合書刊物流有限公司
香港新界大埔汀麗路36號
中華商務印刷大廈3字樓
電話：2150 2100　傳真：2407 3062

出版日期　二〇二〇年一月／初版・香港